〈錯誤〉的驚喜

蕭蕭、白靈、羅文玲　編著

感恩文化部的支持與補助

目次

編者序

用生命寫詩的仁俠詩人鄭愁予

詩人楊牧說：

> 他以清楚的白話，為我們傳達了一種時間的空間的悲劇情調。

詩人瘂弦提到：

> 鄭愁予飄逸而又矜持的韻緻，夢幻而又明麗的詩想，溫柔的旋律，纏綿的節奏，與貴族的、東方的、淡淡的哀愁的調子，造成一種雲一般的魅力，一種巨大的不可抗拒的影響。

鄭愁予，一九三三年出生於山東濟南，本名鄭文韜，河北人。「愁予」的筆名出自於《楚辭‧湘夫人》：「帝子降兮北渚，目眇眇兮愁予」。幼年隨軍人父親轉戰大江南北，故閱歷豐富，自稱：「山川文物既入秉異之懷乃成跌宕宛轉之詩篇」。十六歲即出版詩集《草鞋與筏子》，來臺後，持續創作，有詩集《夢土上》、《衣缽》、《窗外的女奴》等，直至一九七九年洪範版《鄭愁予詩集I》，二○○四年洪範版《鄭愁予詩集II》，才呈現鄭愁予詩作的完整風貌。

二○一一年周大觀文教基金會頒發「二○一一年全球熱愛生命文學創作獎章」給有「仁俠詩人」美譽的鄭愁予，彰顯他長久以來詩寫和平、化詩為愛的精神。並出版得獎作品《和平的衣缽》，為「鄭愁予和平永續基金會」籌募基金。

甫辭世的樞機主教單國璽曾說，「凡人看事物用的是肉眼，而詩人看事物用的是靈魂，在詩人的筆下將事物賦予生命，詩詞是文學最

高結晶，鄭愁予創作《和平的衣缽》述說和平的意義，希望這本書能發揮能量，成為和平的催化劑。」

「仁俠」有超出常人的一面，這就體現為超越「齊家」的理念而以「治國」為其基本使命，當「齊家」與「治國」發生衝突的時候，要毫不猶豫地選擇後者，犧牲前者，是為「仁俠」。歷史上這樣的典型極多，也為人們所傳頌，就詩人而言，屈原就是最高典範，如鄭愁予所說「那是美的永恆！屈原回答了自己的天問！」。可見，中國詩人的歷史自覺性和使命感遠較西方詩人為早、為更強烈。西方詩人受形而上學的影響，更傾向於抽象哲思，直至二十世紀才由海德格爾（Martin Heidegger, 1898-1976）真正提出詩人現世的偉大使命：「這個時代是貧困的時代……然而詩人堅持在這黑夜的虛無之中。由於詩人如此這般獨自保持在對他的使命的極度孤立中，詩人就代表性地因而真正地為他的民族謀求真理。」，但這一聲音在中國激起的迴響反而可能比在西方更宏大。

鄭愁予與明道大學的深厚因緣，起於二○○八年十月，由蕭蕭所籌畫的「濁水溪詩歌節」，邀約鄭老師前來演出第一場，接著由明道大學中文系所規劃的二○一一年湖北秭歸端午詩會，鄭愁予、隱地、白靈、蕭蕭等詩人以及彰化師大蘇慧霜教授，一起到長江三峽邊屈原故里秭歸參與盛會。二○一二年五月在彰化屈家村舉辦「兩岸鄉親祭詩祖——屈原銅像致贈大典」再次邀約老師上台朗頌〈宇宙的花瓶〉，為屈原銅像渡海來台給予最好的祝福，活動結束後這一群曾經到過秭歸的朋友一起到新社「又見一炊煙」用餐，席中鄭老師曾言及瘂弦多年前跟他提議詩學論述集出版之重要，在那詩情畫意的山中夜晚，促成今日《鄭愁予詩學論集》叢書的問世。

《傳奇鄭愁予：鄭愁予詩學論集》，蒐集近五十年（1967-2013）論述鄭愁予詩作之重要論文七十餘篇，分為四部。第一部《〈錯誤〉

的驚喜》是鄭先生名聞遐邇、震動華人世界之名詩〈錯誤〉的品鑑與賞讀，橫看側視，峰嶺盡露，尚有隱藏於雲霧霜雪之外者，猶待多竅之心靈隨時神馳。第二部《無常的覺知》則為詩人詩作之所以興的最初動心處的探尋，對於生命情懷與語言經營，總在無常的覺知下多所儆醒，既然中外古今世事無常，詩篇論作觸鬚所及，還有算沙之餘、雲外之思可以騁騖，可以賡續思索與觸悟。第三部《愁予的傳奇》與第四部《衣缽的傳遞》收入系統性學術論述，運用古典詩學與西洋主義流派，兼具感性與理性，在情意與情義之間出入，在游世與濟世之間優遊，在意識與意韻之間吐納，既有今日鄭氏傳奇之細部描繪，復有明日衣缽傳遞之重大期許，《傳奇鄭愁予：鄭愁予詩學論集》於焉燦然完備。

蕭　蕭、羅文玲　謹誌

二〇一三年小滿之日於明道大學

試簡釋鄭愁予的〈錯誤〉

銀髮

讀詩不但是一種藝術的欣賞，同時也是一種創造。

一首詩展現在千千萬萬讀者面前，即接受千千萬萬讀者的「再創造」。讀一首詩時，讀者一方面溫習或還原詩作者創作時的經驗；一方面可能發掘到一些詩作者意料不到的收穫。各人以不同的眼光、不同的角度、不同的背景、不同的目的……去讀一首詩，去發掘詩人賦於詩的寶藏，則往往產生各種不同的感受，所獲各異。一首詩是一個大我，讀者只是小我；因此各人讀詩心得或許會有所差異，這是詩本身所具之廣度及深度所使然，如果不是因為詩的表現技巧未臻成熟的話。同時讀者對詩的感受未必盡得詩人所首肯；有時往往會令詩人本身啞然失笑。幸好詩不是數學或謎語的答案，詩是一種性靈的活動。問題是我們如何以敏銳之觀察、虛心之探討，及如何去求取詩中的象徵與暗示。換言之，也就是看我們「如何」進入詩的世界，去享受那所謂詩的韻味。詩本身的生命是與時間同在的，其價值並不因評詩人之批評或或讀者之心得所能蓋棺論定。除了詩本身與讀者直接發生環交之關係外，其以外之意圖最多只配做橋樑的角色而已。讀者可以直接去與詩本身發生關係，去讓詩在自己的心中演出。

鄭愁予的童年是在江南度過的，然後到過湘桂粵、北平，和接近邊塞的北方鄉下，本是河南省人，現定居臺灣。雖然在臺灣長大，在臺灣工作；但對故鄉仍是十分依戀與懷念的，尤以江南為然。從〈錯

誤〉這首以江南為背景的詩作，可看出在江南時的一段童年生活如何
影響了他。他這首詩充滿了江南才子的飄逸與矜持的韻緻；這種詩
風，曾在臺灣詩壇掀起了一陣「美麗的騷動」。這是一首美麗的抒情
詩，雖是十多年前的作品，但讀起來仍感覺到清新雋永。一首好詩是
有其存在價值的。這不是一首使人讀了便立刻忘掉的作品，該詩獲收
入於由張默與瘂弦等主編，大業書局於一九六一年元月出版的《六十
年代詩選》中，現在我們試看其開頭的兩句：

> 我打江南走過
> 那等在季節裡的容顏如蓮花的開落

在這每句詩中，詩人把「蓮花的開落」比喻「容顏」，而使「我
打江南走過」與「那等在季節裡的容顏」這兩個毫無關聯的意象發生
關係，繼而產生了強烈的暗示力。比喻是最能建立詩之含蓄、歧義與
暗示的一種技巧。詩人在第二句裡正用「蓮花的開落」比喻「容
顏」，再以「容顏」暗喻「情人」，而與第一句裡的「我」發生關係而
達成了這種效果的，這兩句詩正暗示了打江南走過後的我曾留下了一
段情，使情人在時間的交替、季節的聞變中苦苦期待遠去的愛人在回
歸的那種滋味。

此外，季節指時間，蓮花象徵愛情的純潔與堅貞，蓮花的開落裡
之花開暗示期望，花落暗示了失望，而「我打江南走過」一句又非只
限於「經過江南」的字義表面之直述，這裡「江南」此一意象同時是
暗喻愛情的一種境界。詩人確曾嚐過這種如「江南」這般美好的愛
情，苦澀的是情人：

> 那等在季節裡的容顏如蓮花的開落

好淒美啊！「等」。而且是焦急地等。春去秋來冬又至，而冬天來

了，春天還會遠嗎？苦就苦在春天來了而情人始終未見。記得有一首歌，歌名叫作「春來人不來」歌詞裡有一句「盼春來，盼春來，盼望得春來人不來」，唱的就是這種心境，相較之下，歌詞的境界是低得多了（當然歌詞無法與詩相比，因其需要以歌聲來加強其意境）。由此可見，同是一種心境，詩人是如何巧妙地把這種「等」的心境，將之昇華，以獨具匠心之技巧，深深拍擊讀者之心靈。只這兩句詩，便把等的焦急刻劃得淋漓盡致；也只這兩句詩，便把我們帶到了小橋流水，兩岸垂柳的江南；帶進了看似有我卻無我，看似無情卻有情的境界。

同時這兩句詩之排列底於後面兩段詩句也提示了一種形式上之效果。這段詩，我們可看作小小的詩序。因其包含了全詩之大意。是全詩的開頭，也是全詩之結局。

生離死別是人情中最哀痛的一種感情；離別對熱戀中的情侶更是莫大的打擊，何況人去樓空，春閨深鎖之少女情懷？其相思之苦非箇中人親身經歷所難以領受。試看李白的〈長相思〉下半首：

> 美人如花隔雲端，上有青冥之高天，
> 下有淥水之波瀾，天長路遠魂飛苦，
> 夢魂不到關山難，長相思，摧心肝。

李白所描寫的就是這種連心肝也摧折了的相思之苦。回來再看〈錯誤〉一詩的第二段。此後可說全是寫閨中怨女相思之苦的心境：

> 東風不來，三月的柳絮不飛
> 你底心如小小的寂寞的城
> 恰若青石的街道向晚

自古至今，中國的文人雅士，騷人墨客，總喜歡以春天來象徵人

生中美好的一面。這裡詩人正是以「東風」（即春風）與「三月」象
徵了人生中美好的一面——戀愛中的甜蜜而美好的時光。但「東風」
與「三月」都相繼用「不」字來否定了。詩人又以「城」，而且是
「小小的寂寞的城」來比喻少女的「心」；進一層以「青石的街道向
晚」來比喻「城」。可見詩人在此詩中比喻的運用是如何地出神入化
了。

　　為了方便了解，我們試先從第三句開始逆流而上來欣賞，即可發
現詩人先以「向晚」點出冷清清的青石街道，再以冷清清的青石街道
點出城之寂寞，然後回歸少女的心境，進而否定了昔日的那種良辰美
景，戀愛中的甜蜜而美好的時光。

　　假如我們從第一句開始順序而讀，則必會驚喜於詩人所呈現的絡
繹不絕，連綿不斷的意象相繼衍生，交替跳躍，讀到這些動人的詩句
真令人不能自主，拍案叫絕。

　　幼嫩的、柔弱的、小小的心靈本未識愁滋味，正是天真爛漫的年
歲，但愛情的小手輕輕撥弄了平靜的心湖，憂愁的漣漪無邊蕩漾，再
沒有所謂春天了，現在所嚐到的，是寂寞的滋味，這種滋味是向晚的
青石街道那種冷清清的難受。一種意境與「紅杏枝頭春意鬧」的境界
真是強烈的明暗的對比。而寂寞之展延呢？是孤獨。孤獨接著如黑夜
般襲來；

　　　恰若青石的街道向晚
　　　跫音不響，三月的春帷不揭
　　　你底心是小小的窗扉緊掩

　　這裡再次引用到「恰若青石的街道向晚」這句詩，是因為它處於
一身兼兩職的地位。詩人把它安排在這段詩的中間，有連接詞的功
用。它一方面修飾了前面那句「你底心如小小的寂寞的城」，同時具

有為後面兩句詩提供了時空性的效果。這裡也再次出現了「三月」與「春」的詞語，其作用誠如上述。同時在「跫音不響，三月的春帷不揭」一句裡，詩人雖再次採用否定的語氣，其實正暗示了過去的肯定。現在向晚的青石街道是冷清清的，沒有了行人，沒有了熱鬧的景象。這本來是人約黃昏後的最美時刻。以前就是在這段時間約會的，但那約會的情人的腳步聲呢？現在是再也不會響起來了，而窗前的這塊窗帷是再也不會為約會情人而揭起的了，而此後，這扇約會的窗扉也像自己的心窗一樣地關了起來。遠去的人何時回來叩響這扇窗呢？妙在這裡用「緊掩的窗」比喻「心」，與「寂寞的城」比喻「心」，而且上面同時用「小小的」來加以修飾，因語句之重複而產生了輕巧的第奏之美。

這段詩是詩人所表現的一連串跳躍、輕盈、明確的意象，以及詩中充滿那種淡淡的哀愁，深沉沉的孤寂感。詩人這種呈現，難道不比李白的〈長相思〉更淒美，更能扣人心弦嗎？這段後三句，句句不寫約會，但約會的情景卻歷歷展現眼前。這完全靠詩中幾個「不」字所造成意象衍生意象的效果。以前，約會的景象充滿熱情；現在，情景卻是那麼冷清清。這兩種「正在約會」與「不再約會」的意象在我們心中交替湧現，成了意象間強烈的對比及其繁複性。同時詩人的「詩想」引人入勝，使我們感覺彷彿身外即為現時冷清清的景象，也彷彿隨著詩人的另一個「我」回到了江南……。當然，這只是詩人給予我們的聯想。詩人自己離去後，留下寂寞的戀人，懷念愛心的心切，想當然是如此一般的情景吧！但詩人以男人的身分而刻劃出「深閨怨女」的落寞心境，竟刻劃得這麼貼切、深刻，這麼淋漓盡致，用的真是神來之筆。且場景是那麼貴族化、東方化、中國化、江南化；這些，集合起來成了一種含蓄而矜持，哀怨纏綿，溫柔而婉約韻緻。這便是一種藝術至高的美的境界。

在電影的表現技巧的方法上，往往在拍攝緊張的鏡頭時不用音響
與對白，其目的即在靜中求取扣人心弦的效果。讀了上面的兩段詩，
我們當可發現詩中一直都在靜態中發展。唯其靜的氣氛才更能加強與
突出那種哀怨落寞的心境。另外，第一句「我打江南走過」在整首詩
而言，同時是第三段回敘的伏筆，也即是一種時間的轉接；這種技巧
在電影上所見略同。第三段因「我」之再度出現而感覺到了互相呼應
之妙：

> 我達達的馬蹄是美麗的錯誤
> 我不是歸人，是個過客……

多麼瀟脫！雖然別離在即，但仍然微笑上馬，揚長而去。「達達」一
詞在這裡起了一種強烈的音響作用。試想，當我們正被詩人帶進了一
種空前的「靜」的境界時，一陣陣沉實的、硬朗的達達的馬蹄聲突然
間在向晚的青石街道上響起，頓使我們惘然若失。詩人的確在這裡收
到了電影上的所謂音響效果。詩人先以「靜」的境界緊緊地把我們的
心扣住，接著，突然給我們以「動」的衝擊，我們像被拉緊了的一線
弦突然斷開，一種全新的境界立刻呈現在我們的眼前，使我們如夢初
覺。眼前是帶走了一切的快馬，蹄聲著實地踏在小情人的心版上，烙
下了了無限哀怨的蹄印。這達達的馬蹄聲又象徵一種豪放、一種風流
瀟灑、一種不羈、一種超然的性格；但也是一種無知、一種錯誤、一
種美麗的錯誤。這正表現了詩人那種未沾煙火的情操。愛情在最美麗
的時候死去，它將成為永恆嗎？

初戀本是人生中永不磨滅的美。很多人自由戀愛，然後結婚；也
許後來因婚姻生活之注定不美滿，而無形中把初戀時的美好印象破壞
無遺；因此若因某種因素以致不能在戀愛成熟時結合，反而可以永遠
保存當初那種美感。詩人正是這樣保存了初戀時的那種美感。由於詩

人的那種灑脫、那麼超然、那麼純真，才能微笑上馬，才能揚鞭；也只有這樣才能保存那種美感。就算對不起情人而保存了美的印象，那還是值得的。固然詩人對當時抉擇錯誤的理由是：

> 我不是歸人，是個過客……

這樣的結局真可謂言已盡而意無窮了。也許我們會問：為什麼不是歸人而偏偏是個過客呢？這個問題正如我們看了一本悲劇小說或電影而為悲劇中的主角表現了同情心，而提出類似的疑問那麼多餘，其實詩人通過這首詩表現了守候閨中怨女的心境與寂寞是非常成功的。

綜觀全詩，這是一首甜中帶苦，苦中帶甜的情詩。其意象之明確動人，意境之清高含蓄，用字之準確美妙，比喻之貼切新鮮，與夫氣氛控制之緊湊吸引、旋律之優美動人、節奏之輕盈纏綿；在在都說明了這首詩技巧之出神入化，內容之豐富繁複，這的確是現代詩中一首難得的佳作。

以上是筆者就個人主觀所作的部分的有限度的可能的簡釋，即只就某一角度而言。（可能作者不同意）甚或有些讀者亦不大同意。因為這首詩的內容淺而易見地看出，作者藉詩中的「我」之路過江南時，因其影亮的蹄聲造成了守候閨中怨女的誤會而空自歡喜，致使「我」感覺到錯誤之美麗而表現了閨中怨女寂寞的心境。這首詩的發展原是現在直線進行。但筆者以另一角度去讀它卻發現它的另一面貌。其差異之處，只是詩中背負的戲劇情節而已。感受雖有不同，但其詩味無變，仍同樣抓到詩人欲表現的核心。條條大路通羅馬，上敘只是詩中的可能的兩條路，當然我們仍可以另一角度去讀，循另一條路去走，去開拓這首詩，或可能會有另一收穫。譬如假設中之戀情純屬暗戀，或詩人只藉此情此景以寄托對祖國故鄉之懷念等……進一層去探討這首詩不在本文範圍之內。

　　總而言之，現代詩是具有其多樣性與繁複性的，它可能是一塊多面的稜鏡，從另一角度看會有另一種感受，但必須以詩之本體為依據。無論如何，現代詩容或難懂，但絕非不可懂，問題只是看我們如何去懂（非詩除外）對詩本身而言，讀者抱任何態度去讀它，去懂它，都與它本身之價值無關。因一首詩當它被誕生之後，即具有其獨立性，及存在之價值。誠如上述，詩本身之生命是與時間同在的，它應該受得起任何考驗，其價值並不因評詩人或讀者之心得所能蓋棺論定者。

　　在結束之前，筆者再次強調：只有讀者本身直接去與詩發生關係，才是最有效的讀詩方法。在這裡，筆者只求達到與讀者同去叩響詩國之門而止，讀者可循原詩拾級而上，再獨自去享受韻味吧！

　　　　　　　　　　——選自《創世紀詩刊》37期（1974年7月）

在否定中拓新境
——鄭愁予的〈錯誤〉

林廣

　　〈錯誤〉是從鄭愁予詩集《夢土上》中選錄出來的，為分行自由體的短詩。愁予自十八歲就開始寫詩，先後出版了《夢土上》、《衣缽》、《窗外的女奴》三本詩集。愁予早期的詩，充滿了溫柔細緻的抒情風味，到了《衣缽》則一變為雄渾壯闊，到了《窗外的女奴》再變為平淡清遠。〈錯誤〉一詩傳誦極廣，頗能表現他早期抒情的格調。

　　我們知道，詩是表現一種精深微妙的情思的，大凡亂離興亡的感觸，世事變幻的悲哀，四季遞遷的興懷等等，都可以吟詠成詩。所以，有時詩是專為離別而寫的，有些詩是專為鄉愁而寫的，有些詩則為動盪的時代，不平的際遇；這種情思是十分專注而不能旁移的。由於時代的思潮、趣味不同，個人的理想、性格也各自不同，因此同一類的題材，各自表現的方式也大不相同。每個人都有自己表達感情的方式，不必人人相同，也不必強求相同的。

　　「等待」也是一種很深刻的感情。在我國古代詩詞中，寫等待之情的作品很多，我們舉兩個比較顯明的例子來看。就妻子來說，她倚在雕花的閣樓，望著天際的歸舟，不禁低唱著：「過盡千帆皆不是，斜暉脈脈水悠悠」。「皆不是」三字正是意味著她將感情「誤」寄到歸帆上面，脈脈斜暉、悠悠流水則烘托出她哀怨的心情與無盡期的等待。就丈夫來說，他在異鄉的路上，忽然惦記起閣樓的妻子，乃輕吟

道:「想佳人,妝樓顒望,誤幾回天際識歸舟」。這就明點出「誤」來
了。由於他能夠設身處地為妻子著想,更顯得深情無限。

　　現代詩人鄭愁予則從「過路人」的眼光去寫等待之情。他路過江
南的某一小鎮,他「達達的馬蹄」驚動了閣樓裡的女子,使她推窗眺
望;當她發現他「不是歸人,是個過客」時,又黯然地掩上了小窗。
在推窗的「希望」和閉窗的「失望」中,就含蘊著因「錯誤」而產生
的感情。所以鄭愁予在詩題旁邊有兩行小註:「我打江南走過、那等
在季節裡的容顏如蓮花的開落」。楊牧在〈鄭愁予傳奇〉(代序)中,
認為〈錯誤〉詩中首兩行低二格排列,其第一行短促,暗示過客之匆
匆;第二行長句,講求的是單音節語字結合排比的「頓」的效果,並
以音響的延伸暗示意義,季節漫長,等候亦乎漫長,蓮花的開落日復
一日,時間在流淌,無聲的、悠遠的。楊牧的說法未嘗沒有幾分道
理。但是我們細審全詩的意味,發現前兩句和後兩段實在御接不上,
如果把它當做詩題的註解,那就沒有問題了。因此我認為「那等在季
節裡的容顏」是指那女子;如蓮花的「開」,是因為鄭愁予策馬「打
江南走過」,給她希望之故,可是愁予畢竟只是個過客,她不禁黯然
神傷,彷彿凋落的蓮,所以愁予又說出一個「落」字。蓮花不開就不
會凋落,那麼也就不會有「錯誤」產生了。雖然在現代詩裡常用句子
的延長來暗示某種感情意味的伸展;但是我們必須考慮到這個句子在
整首詩中的作用,不能單憑句子的長短來決定它的意味。這樣才不會
有斷章取義的現象產生。

　　〈錯誤〉全詩九行,除了兩行小註外,分為兩段。前段都是否定
的語氣,說「東風不來」就如何,說「跫音不響」就怎樣,這些都一
再烘托出「錯誤」的氣氛,所以當第二段道出「我達達的馬蹄」時,
前五行的靜和否定都給馬蹄「點」碎了。於是化靜為動,變否定為肯
定;「東風來了」、「柳絮飛了」、「跫音響了」、「春帷揭了」……這就

和「如蓮花的開落」遙相呼應了。如果「東風不來」，那女子雖然寂寞如小小的城，如青石街道向晚，可是她已習慣於這種冷寂了，她的心正是一扇「小小的窗扉緊掩」。愁予的蹄聲忽然闖進她未曾設防的小鎮，她十分激動地啟開了塵封的小窗，於是就形成「美麗的」錯誤了。

從以上的分析，我們可以看出作者那種瀟灑不羈，而又微帶淒涼的情懷。這兩股矛盾的心情在他的譬喻和句法中，強烈地表現出來。關於「譬喻」，我另有專章討論，在此我只討論愁予獨特的句法和運用譬喻手法最特出的一點。

我們知道詩是表現一種情境的，而情境的傳達則有賴於「層次」的延伸。愁予在首段連用兩個明喻：「你底心如小小的寂寞的城」、「恰若青石的街道向晚」。接著他立刻運用隱喻，來展現更深一層的情境：「你底心是小小的窗扉緊掩」。這樣，由「類似」關係的明喻進入「結合」性的隱喻，使得詩的意味更加深邃了。譬喻是人人都會用的，但是要用得新鮮、用得生動，那就不容易了。譬喻的好、壞，主要是看它有沒有引出深厚的感情。愁予這些譬喻，很委婉地透露出他專注的感情，因此，格外顯得深摯動人。

我們再談他的句法。熟讀愁予詩的人，都可以了解他在句法上獨到的成就。他擅長把形容詞或動詞移到名詞後面，而建立一種新的意味，使人有更寬闊的聯想。如詩中，「那等在季節裡的容顏如蓮花的開落」，本來寫到「如蓮花」或是「如開落的蓮花」就可以了，但是這種自然的語言秩序不能適應情境的需要，因此愁予把「開落」擺在蓮花後面，藉以強調且暗示「錯誤」的緣由。又「恰若青石的街道向晚」，就絕對不是「恰若向晚的青石街道」。前句所表現的是一種「向晚」的心境，後句所寫的只是「青石街道」。換句話說，後句並沒有把「逐漸黯淡下去」的感覺在意象與意象的組合間透露出來，所以遠

不如前句。

　　最後我們要提出來討論的是「否定」句法的使用。在〈錯誤〉詩中，有三個地方用否定的手法來傳達宛曲的心情。如「東風不來，三月的柳絮不飛」，就在「不來」、「不飛」裡，顯現出作者因錯誤而懷抱的一點遺憾。這種藉著否定進一層去表現另一面「肯定」的感情意味，是很耐人尋味的。否定手法在現代詩中被運用得很廣。如受到愁予影響很深的陳瘦桐，在其「絕唱」中就連連運用此等技巧：「如果不見許多水紋，月色或許不會如此淒涼」（其實水紋和月色在物理現象上並沒有直接的關聯，但是作者在主觀的感情上，卻能夠使它們透過「矛盾」的否定而融合，藉以表現內在淒涼的心情。），……從這些否定句法的使用，我們可以看出現代詩真的慢慢開拓出嶄新的境界了。而我們從這些「愈轉愈深」的意象與節奏間，也更能把握現代詩人的心境了。

　　　　　　　　　　　　——選自《陽光小集》5期（1981年3月）

是錯誤，但並不美麗
——〈錯誤〉賞析

吳當

一　寫作分析

〈錯誤〉這首詩，在七、八〇年代曾經風靡過一時，尤其是最後兩句，已成了人人耳熟能詳的名句。

詩中，並沒有深奧的說理，寫的只是一個女子寂寞等待的心情，因為寫得真切，多情的少年少女無不琅琅上口，是極富感情的詩作。

全詩九行，只有一段，是首短篇的詩作。

前兩行，說明人與空間的位置。美麗的江南和等在季節裡的容顏，是美麗的呼應。溫柔婉約、秀媚的多情女子，本就容易引起人們的遐思，作者卻說她的等待，如蓮花的開落。令人有種懸疑的心理。接著，用了連續幾個排比、複疊、譬喻的句子，尤其是不來、不飛、不響、不揭，強烈的說明了詩中女子那種由充滿希望的等待，跌落至絕望的深淵。江南的景致，多少人為之歌詠、流連，而她的心卻如小小的、寂寞的城，連小小的窗扉都緊掩。外在明朗的景物和內心封閉的小城是意象極為鮮明的對比。最後兩句，盼望的馬蹄聲來了，然而那只是個過路的陌生人，不是千呼萬盼的歸人。滿懷美麗的希望，陡然又摔落谷底。

詩作戛然而止，在絕望的深淵裡，我們不忍面對那張啜泣的、如

同蓮花的容顏，心中，卻激起了無限的共鳴。

二　欣賞

　　有人說：「少女情懷總是詩。」自古以來，女子是含蓄的，但也是多情的。因為多情又含蓄，所以留下了許多哀怨的詩詞：「無可奈何花落去，似曾相識燕歸來，小園香徑獨徘徊。」〈浣溪沙・晏殊〉「誰道閒情拋棄久？每到春來，惆悵還依舊。日日花前常病酒，不辭鏡裡朱顏瘦。」〈蝶戀花・馮延巳〉哀婉悽絕，令人動容。

　　等待的心情既是強烈的，所以詩人筆下「江南好，風景舊曾諳。日出江花紅似火，春來江水綠如藍。能不憶江南？」〈憶江南・白居易〉美麗的江南，在盼望的女子心裡，卻沒有和暖的春風，沒有紛飛的柳絮，揭不開春天多彩多姿的帷幕，她的心，沒有青春的歡樂，是一座冰冷的、寂寞的小城。這種對愛情的憧憬，對愛情的痴心，固然令人感動，但是過度的浪漫情懷，缺少現實的考量，卻也使許多人迷失在愛情裡，而忘記了現實的生活。幻想、憧憬會讓人滿懷甜蜜的渴望，可是一旦太過執著，一旦過分痴迷，就失去了判斷的能力，失去了欣賞身邊美麗人生的能力，不但對美麗的景色無動於衷，連和其他異性交往的機會都斬斷了，這不是很可惜的事嗎？蘇軾有一首名詩：「枝上柳棉吹又少，天涯何處無芳草」〈蝶戀花〉就是安慰人們：不要為失去的戀情太傷懷抱，抬起你的頭，睜亮你的眼睛，可愛的女子就在你的身邊。

　　熱戀中的男女、痴心的女子可不管這些，他們用豐沛的感情，編織了一個幻想的王國，一季季、一年年，讓美麗的容顏隨蓮花的開落而老去。雖然，偶然也有達達的、充滿希望的馬蹄，畢竟只是個泡沫，只是個可愛又可笑的錯誤。那個浪遊天下的男子，也許已經忘了

這顆遙遠的、痴情的芳心。

　　錯誤雖然美麗，雖然令人心動，卻也值得人們警惕：漫長的等待也許是圓滿的結局，更也許是個永恆的悲劇！

——選自《書評》7期（1993年12月）

從何其芳到鄭愁予
──比較評析〈花環〉與〈錯誤〉

沈謙

朱自清曾經將二十世紀早期的中國新詩分為三派[1]：

（一）自由詩派：以胡適、劉復、郭沫若為先鋒。

（二）格律詩派：以聞一多、徐志摩為領袖。

（三）象徵詩派：以李金髮、戴望舒為代表。

如此分類，著眼於形式，固然言之成理。然而，並非所有的詩人與作品都可以概括在其中。除了自由詩、格律詩、象徵詩的分法之外，另有一些傑出的詩人，以抒情為主，基本上採取自由的形式，也相當講究格律，同時善用身體的意象暗示深刻的詩情，作品情韻理趣兼佳，其味盎然，能撥動讀者內心深處的某一根弦，妙在「懂與不懂之間」。三十年代馳名詩壇的何其芳，與五〇年代風靡臺灣的鄭愁予，就是其中最具有代表性的兩位。他們的成名作，一九三一年的〈花環〉與一九五四年的〈錯誤〉，創作時詩人都才剛剛二十歲。少作出世，即傳誦廣遠，引起熱烈的迴響，迄今風流未沬。〈錯誤〉與〈花環〉不但意象豐盈，引人入勝；情感浪漫，感人至深；音節柔美，膾炙人口。且前後相隔二十年，具有某種程度的類似，精神血脈

1　朱自清《中國新文學大系・第八冊詩集・導言》將一九一八至一九二七年間的新詩分為三派。胡適、劉復於一九一八年試作自由派新詩。象徵詩派開山祖師李金髮自一九二〇年開始寫詩，而格律派諸詩人至一九二六年才躍上詩壇。

中流動著相通的靈氣，先後輝映。可以確定地說，〈花環〉與〈錯誤〉在二十世紀中國詩史上，必然有其肯定的地位。

一　何其芳——美麗的夭亡

「何其芳」（1912-1977），原名何永芳，四川萬縣人。這個名字，在臺灣文壇上並不十分響亮，由於海峽兩岸政治的阻隔，也許若干讀者對他感到有點陌生。可是大家耳熟能詳的詩人瘂弦、鄭愁予，卻都曾經受到他的啟示與影響。瘂弦曾親口對我說過：「何其芳是我少年時期的最愛！」鄭愁予則在作品中透露了與何其芳的血緣關係。何其芳最卓著的名句「美麗的夭亡」，出自他二十歲所作的〈花環——放在一個小墓上〉[2]：

> 開落在幽谷裡的花最香，
> 無人記憶的朝露最有光，
> 我說你是幸福的，小玲玲！
> 沒有照過影子的小溪最清亮。
>
> 你夢過綠藤緣進你窗裡，
> 金色的小花墜落到你髮上。
> 你為簷雨說出的故事感動，
> 你愛寂寞，寂寞的星光。

2　瘂弦句：「當我們有了屋頂的時候，就失去了天空的繁星。」其實翻轉自何其芳〈雲〉的末段：「我情願有一個茅草的屋頂／不愛雲，不愛月／也不愛星星。」由此可見一斑。

你有珍珠似的少女的淚，

常流著沒有名字的悲傷。

你有美麗得使你憂愁的日子，

你有更美麗的夭亡。

〈花環〉收在一九三六年商務印書館出版的《漢園集》，這是何
其芳與卞之琳、李廣田三人合出的詩集。詩人自署作於一九四一年九
月十九日夜，年方二十，肄業於北京大學哲學系，為悼念一個名叫小
玲玲的少女而作。這首動人的小詩，旨在悼亡，卻把少女的夭亡，表
達得十分淒美動人，超越了死亡的哀傷和痛苦，有所化解與提昇。呈
現在讀者面前的，是純潔、真誠、安恬、寧靜、如白璧無瑕的短暫的
生命之美。題名〈花環〉，生命如花環，美麗而容易凋謝。〈花環〉出
世，立即贏得了詩壇的矚目。其實，這首吟詠少女夭亡的小詩，本身
就如同一隻純白潔淨的美麗花環。唐祈〈評花環〉云[3]：

> 詩人在生命的曠野上走著，一片寧靜的大自然中，一個青春的
> 生命夭折了。詩人在這個小墓前低訴著溫柔的獨語，訴說她像
> 幽谷的花，像朝露，甚至是沒有照見過人影的清亮的小溪。生
> 活單純得連小小的憂傷也只有窗前的綠藤和寂寞的星光才知
> 道。……詩人沒有用文明把自然的生命掩蓋起來，沒有以塵世
> 的痛苦來看待死亡，只將詩意的抒情、短暫的生命之美置於世
> 界之上。少女的夭折，有如音樂一般，它只是一種美麗、溫柔
> 的渴求，而不是最後的痛苦的外在的終結。夭折轉化為內心世
> 界中一個美麗的幻象，一片對生命幽秘的凝重的憂思，從而喚

---

3 唐祈：〈評花環〉，見唐祈主編：《中國新詩名篇鑒賞辭典》（成都市：四川辭書出版
社，1990 年）。

醒人們對於生命關聯域——命運、變故、死亡的哲理性的思
辨，啟迪人們領悟生的真正地位和價值。

〈花環〉是如此細膩、纏綿、淒美而又耐人尋味。詩評家李健吾
早於三十年代就在《李健吾創作評論選集》上讚譽備至：「〈花環〉，
彷彿是帽上亮晶晶的一顆大紅寶石，比起項下一圈細碎的珍珠還要奪
目。」〈花環〉的詩情啟人哀思，詩境悽惋，令人聯想起象徵詩人李
金髮〈有感〉的名句：「如殘葉濺血在我們腳上，生命便是死神唇邊
的微笑。」

就詩的形式結構而言，〈花環〉共有四節，每節四行，前兩行各
三頓，後兩行各四頓，兩兩相對。每句的字數長短參差，於整齊規律
之中又有變化。首句與偶句均押韻，讀起來和諧悅耳。基本上這是一
首自由詩，但格律也相當講究。依何其芳自己的詩觀：「按照現代的
口語寫得每行的頓數有規律，每頓所占時間大致相等，而且有規律地
押韻。」他在〈談寫詩〉[4]文中曾總括強調：「詩也是現實生活在人類
頭腦中的反應和加工的結果，是一種更激動人的生活，採取了一種直
接抒情或歌詠事物的方式，而詩的語言文字也就更富於音樂性。中國
和外國的詩差不多都是一種有格律的散文。」〈花環〉不僅兼具自由
詩與格律詩的優點，而且意象的運用，比起象徵詩，也並不遜色。

自語言文辭之美而言，〈花環〉有兩點值得深究。

第一，藉意象抒情，精緻豐盈。

全詩共分三節，分別用美麗、精緻而具體的意象，呈現女主角的
純潔、幻想與多愁善感。

第一節的焦點是少女的純潔，詩人透過三個美麗的意象著筆：幽

4　何其芳：〈談寫詩〉，見楊匡漢、劉福春編：《中國現代詩論》（廣州市：花城出版
　　社，1985 年），上冊。

谷裡孤芳自賞的花、無人顧念的朝露、塵影不染的清溪，充分顯現女主角的天真未鑿，如白璧無瑕，晶瑩剔透，不染纖毫俗塵。詩人訴諸視覺、嗅覺，且透過虛明的光、影、水的襯托，將小玲玲的形象浮現出來，烙印在讀者的心版上。

　　第二節的焦點是少女的愛幻想，詩人運用四個意象來表達：夢見綠藤綠窗，花墜髮梢，能聽見簷雨低訴的聲音，能體會到星光的寂寞心思。種種奇思遐想，充分流露小玲玲是個愛幻想的女孩，具備廣大的同情心；在她心目中，萬物有情，一花一木耐溫存。何其芳另有一首〈我為少男少女們歌唱〉：「輕輕地從我琴弦上／失掉了成年的憂傷／我重新變得年輕了／我的血流得很快／對於生活我又充滿了夢想，充滿了渴望。」

　　第三節藉珍珠的意象描述女主角善感的心靈：無憂無慮的歲月惹來憂傷哀愁，莫名的悲傷無端引發出珠淚，細膩地刻劃出少女微妙的心理。也令人聯想起辛棄疾〈醜奴兒〉詞中的名句：「少年不識愁滋味，愛上層樓。愛上層樓，為賦新詞強說愁。」

　　〈花環〉全詩三節，恰巧是三層，作者通過八個意象，集中呈現出少女的心態與性格。何其芳在《刻意集‧序》[5]中自承開始創作時「成天夢著一些美麗的溫柔的東西」。如此純真、美麗、善良，脫俗出世的少女，不受塵埃半點侵。正是美麗的溫柔的理想化身，在現實的生活世界裡，似乎很難長保其真善美，唯一的結局就是「美麗的夭亡」！

　　第二，美麗的夭亡，耐人尋味。

　　在喧囂紛亂的現實社會，在污濁難清的塵世，人生充滿了變數，生命無常，變幻莫測。像小玲玲這樣集真善美於一身，純真、愛幻

5　何其芳：《刻意集》（上海市：文化生活出版社，1938年）。

想、善良、美麗而具有高度敏感的少女，確屬難能可貴。如此理想的
化身，其實是不存在的，即使存在，也不可能永保其純淨無瑕，纖塵
不染。因此，不但她的日子美麗得憂愁，而且這種「在山泉水清」的
美麗也令詩人憂愁，愁的是一旦消逝變化。因此，她的結局「夭
亡」，自然就成了美麗的夭亡。讓一切理想與美的化身，在某一特定
的時空背景中畫上句號。

「美麗的夭亡」無疑是〈花環〉整首詩的焦點，無理而妙卻又極
耐人尋味。「美麗」一詞與「夭亡」的本質恰恰相反，如此矛盾語法
的運用，使詩意更加深刻有致。駱寒超〈評花環〉[6]說得好：

> 他在表現和揭示「你是美麗的」這個題旨時，擺脫了傳統抒情
> 思路的組織習慣，不去強化如何如何的「美麗」，而是以純
> 潔、愛幻想、善感這三個性格特性和夭亡這個命運特徵去豐富
> 「你」的內涵，從而把「你」判斷為「美麗的」，這就給人很
> 深的印象。

「美麗的夭亡」──是多重的矛盾詩法，不但字面上是修辭格中
的反襯，而且「美麗」這個詞概括並綰聯了前面的純潔、愛幻想、善
感的八個意象。更可貴的，在實質上女主角雖已夭亡，但美麗的特質
與形象，卻長留人間，永遠洋溢著感人的魅力。

二　鄭愁予──美麗的錯誤

「鄭愁予」（1933-），本名鄭文滔，是出生於山東的河北人。幼

6　駱寒超：〈評花環〉，見公木主編：《新詩鑒賞辭典》（上海市：上海辭書出版社，
　　1991 年）。

年隨父走遍大江南北。來台後畢業於中興大學法商學院。一九七八年赴美，先在愛荷華大學國際寫作班研究，獲藝術碩士，後執教耶魯大學。他雖然去國多年，但享譽臺灣詩壇四十年。一提到鄭愁予，耳邊立即響起達達的馬蹄聲，眼前不由地浮現他的成名作〈錯誤〉：

> 我打江南走過
> 那等在季節裡的容顏如蓮花的開落
>
> 東風不來，三月的柳絮不飛
> 你底心如小小的寂寞的城
> 恰若青石的街道向晚
> 跫音不響，三月的春帷不揭
> 你底心是小小的窗扉緊掩
>
> 我達達的馬蹄是美麗的錯誤
> 我不是歸人，是個過客

鄭愁予的抒情詩，語調輕柔，情感浪漫，意象豐盈，音節和諧，風靡了廣大的讀者。其中最膾炙人口的代表作就是寫於一九五四年的這首〈錯誤〉，詩人才二十二歲。從此，「美麗的錯誤」就成為鄭愁予的註冊商標。〈錯誤〉之所以膾炙人口，讚譽不絕，因素很多，大陸的李元洛、香港的黃維樑、海外的楊牧、水晶，乃至臺灣的蕭蕭、何寄澎、沈謙等都有評論文字。自從二十世紀中國的新詩誕生以來，幾乎沒有任何一首詩像〈錯誤〉如此受詩評者的鍾愛。一九五四年，紀弦就在《現代詩刊》宣稱：「鄭愁予先生是自由中國青年詩人中出類拔萃的一個！」一九七四年三月，楊牧發表兩萬字的長文〈鄭愁予傳

奇〉[7]，極力推崇鄭愁予的〈錯誤〉：

> 鄭愁予是中國的中國詩人。自從現代了以後，中國也有些外國
> 詩人，用生疏惡劣的中國文字寫他們的「現代感覺」，但鄭愁
> 予是中國的中國詩人，用良好的中國文字寫作，形象準確，聲
> 籟華美，而且是絕對地現代的。……愁予的節奏是中國的，非
> 英語節奏所能替代。長句如「那等在季節裡的容顏如蓮花的開
> 落」，講求的是單音節語字結合排比的「頓」的效果，並以音
> 響的延伸暗示意義，季節漫長，等候亦似乎漫長，蓮花的開落
> 日復一日，時間在流淌，無聲的，悠遠的。愁予深知形式「決
> 定」內容的奧妙，這種技巧是新詩的專利，古典格律詩無之，
> 除非狂放如李白，或可偶爾為之。

瘂弦曾經以「謫仙」稱譽鄭愁予，余光中曾經以「浪子」稱呼鄭
愁予，楊牧則列舉李白〈將進酒〉詩中的「君不見黃河之水天上來奔
流到海不復回」與鄭愁予長句的節奏美相提並論，我卻以為李白〈蜀
道難〉的「噫吁嚱危乎高哉蜀道之難難於上青天」更具氣魄。無論怎
麼說，鄭愁予之廣受詩人、批評家乃至廣大讀者的鍾愛，可見一斑。

自語言文辭之美而言，〈錯誤〉最值得稱道的有兩點。

第一，空間的處理，焦點層遞。

〈錯誤〉一開端，「我打江南走過」，以六字短句顯示過客之行色
匆匆；「那等在季節裡的容顏如蓮花的開落」，以十五字的長句暗示思
婦之悠長期盼，長短錯落有致，頗見巧意。空間的處理，採層層遞進
的方式，自遠而近，由大及小。

7　楊牧：〈鄭愁予傳奇〉，見楊牧：《傳統的與現代的》（臺北市：志文出版社，1974
　　年 3 月），又見：《鄭愁予詩選集·鄭愁予傳奇（代序）》（臺北市：志文出版社，
　　1974 年 3 月）。

　　第一層是廣大的江南背景。江南令人興起豐富的聯想，杏花春雨的江南，雜花生樹、群鶯亂飛的江南，搖櫓聲中的江南，採蓮歌聲中的江南。

　　第二層空間壓縮到小城，地理上的某一個定點，也就是女主角等在季節裡的所在地。

　　第三層鏡頭移轉到街道，青石的街道，令人興起思古的幽情。我在一九九二年十月回到故鄉江蘇的安豐鎮，第一個念頭就是要再看一看幼年熟稔的青石街道。

　　第四層是帷幕與窗扉。窗是閉鎖空間通往開放空間的孔道。令人聯想起《古詩十九首》的「青青河畔草，鬱鬱園中柳，盈盈樓上女，皎皎當窗牖。」這有限空間的無限哀怨，古今如出一轍。難怪唐代的詩人王昌齡要說：「悔教夫婿覓封侯！」

　　最後焦點投射於馬蹄，而且由前面的視覺印象陡變為聽覺印象。讀者與詩中女主角同時屏息凝神，翹首企望，在漫長的熱切期盼裡，在寂寞靜謐的等待下，在令人精神亢奮的馬蹄聲中，一線生命的曙光，一陣難以遏抑的狂喜，心悸、緊張、興奮，既喜且懼，既信且疑，帶來詩的高潮。然而，謎底揭曉，卻是由高潮跌落谷底的失望與惆悵——不是歸人，是個過客，不由地令人慨歎，造化弄人何以至此！

　　如此有條不紊地空間壓縮，鏡頭轉換，鋪敘情境，醞釀氣氛，再以意外的結局倏然而止，造成強烈的懸疑與詩的張力，詩人造境之妙與詩藝之美，十足耐人尋味。黃維樑〈評錯誤〉有一段精彩的闡析[8]：

8　黃維樑：〈評錯誤〉，見誤奔星主編：《中國新詩鑒賞大辭典》（南京市：江蘇文藝出版社，1988 年）。

本詩開始時以廣大的江南為背景，跟著焦點移至小城，然後至街道、至帷幕、至窗扉，最後落在馬蹄上。與馬蹄同時出現的，是馬蹄的聲音。此時，前面的一片寂寞被達達的蹄聲打破，讀者馬上凝神傾聽，彷彿在屏息恭聽一道神諭，爆出了此詩的高潮。等了這麼久，且已到黃昏時分了，「我」卻不肯留下來。就留宿一宵，明天天亮再走吧！不肯就是不肯。「我」是個「過客」——鏡頭拉遠，窗扉、帷幕、街道、小城……最後回到江南廣袤的空間，而與首行「我打江南走過」呼應。

鄭愁予另一首〈殘堡〉：

> 百年前英雄繫馬的地方
> 百年前壯士磨劍的地方
> 這兒我黯然地卸了鞍
> 歷史的鎖啊沒有鑰匙

〈錯誤〉恰恰與〈殘堡〉相反，既未繫馬，亦未磨劍，沒有卸鞍，毫不猶疑地掉頭而去。

就詩的藝術技巧而言，語言極態盡妍。以「蓮花」形容容顏，以「寂寞的城」、「青石的街道」、「小小的窗扉」形容女主角，不但譬喻貼切，而且內蘊巧義：「蓮」諧音雙關愛「憐」，蓮花開落，暑往寒來，青春流逝，女子的生氣與容顏逐漸在寧靜的等待中磨損消蝕。「小小的寂寞的城」充分流露女主角的心態，「東風不來」、「柳絮不飛」，街道已經「向晚」，雖然是暮春三月，理應生機蓬勃，這個城和女主角的心卻毫無春意。再加上「緊掩」的窗扉，甚至連春帷都未揭開，女主角內心的陰沉鬱卒可想而知。劉禹錫（西元772-842年）〈春詞〉云：「新妝宜面下朱樓，深鎖春光一院秋」，相隔一千二百年，第

九世紀與二十世紀的寂寞並無二致，同樣呈現了美麗淒婉的詩境。

詩中迭用倒裝句法，照文法上的順序，原本是「開落的蓮花」、「向晚青石的街道」、「緊掩的小小窗扉」，詩人偏將「開落」、「向晚」、「緊掩」等動態的詞語移置句末，如此倒裝取勁，化板滯為鮮活，去腐朽而生新奇，同時兼顧到腳韻。首段的「落」與末段的「客」押韻，中段的「晚」、「掩」押韻，四個韻字有三個都是靠句中字詞的倒裝而有心安排。還有，以「不來、不飛、不響、不揭」等否定詞，在相對位置的句末呼應；「東風不來」、「跫音不響」的隔句相對，再加上「小小」、「達達」疊字狀聲狀貌，「如」、「恰若」、「是」等譬喻詞的交互運用等，不但顯現匠心巧藝，而且使得音調和諧悅耳，抒情深婉細膩。

〈錯誤〉的空間處理，焦點層遞，與唐人柳宗元的五絕〈江雪〉有異曲同工之妙，語言之精緻凝練，美麗淒婉，直追唐人絕句與宋詞小令。

第二，美麗的錯誤，無理而妙。

「我達達的馬蹄是美麗的錯誤」無疑是全詩的焦點，也是鄭愁予最膾炙人口的名句。不但跌宕生姿，使詩的情勢頓挫轉折，適足以表達刻骨銘心的深情，而且詩藝的奧妙，值得密詠恬吟，靈魂在傑作中尋幽訪勝。

首先從「達達的馬蹄聲」探討起，全詩只有兩處訴諸聽覺，即中段的「跫音不響」與末尾的馬蹄聲，前者是久盼而未聞其聲，此處卻是令人欣喜驚悸的馬蹄聲，使得全詩有聲有色，多彩多姿。前二節色彩相當豐盈，如「粉紅」的蓮花、「潔白」的柳絮，「青」石。此處「達達的馬蹄」是唯一具體可聞的聲音，清脆、清晰，自遠而近，馳過緊掩的窗扉，令人怦然心驚，也造成全詩的高潮。楊牧〈鄭愁予傳奇〉對此分析得十分精闢。

「達達的馬蹄」一如「叮叮的耳環」(〈如霧起時〉),又如「叮叮有聲的陶瓶」(〈天窗〉),在修辭學上屬於擬聲法,一文化傳統之約定以「達達」形容馬蹄聲,是有其特殊理由的。……「馬鳴風『蕭蕭』」和「無邊落木『蕭蕭』下」之於「風『蕭蕭』兮易水寒」或可迂迴說明「達達」的馬蹄在中國讀者心中所點發的聯想,轉譯他文,隨即消逝。「歸人」、「過客」亦復如此,猶有過之。「風雪夜歸人」,「五湖煙月引歸人」之於前者,或「過盡千帆皆不是,斜暉脈脈水悠悠,腸斷白蘋洲」之於後者,都不是平凡英語句式所能完全表達。

楊牧以為,鄭愁予的字句多有來歷,來歷復又多義。「能化腐朽為神奇,在平凡的字面上敷鋪不平凡的聯想」。堪稱鞭辟入裡的真知灼見。

「美麗的錯誤」更是鄭愁予的生命共同體,肯定會傳誦後世。自內涵上而言,脫胎於宋柳永的詞〈八聲甘州〉:「想佳人,妝樓顒望,誤幾回,天際識歸舟。」柳永比唐溫庭筠〈望江南〉的「過盡千帆皆不是」進一層地提出「誤」字,鄭愁予更創造了「美麗的錯誤」,使千古以來文人筆下常見的題材煥發出嶄新的光輝。何寄澎〈評錯誤〉說得好[9]:

「『美麗』一詞極俗,在此,我們只能說無比貼切,無可更易,『東風』、『柳絮』、『春帷』不也都俗極?然而承接傳統,又變化傳統,前後對照看,便覺不俗。」「美麗」是常見的俗詞,且與「錯誤」的本質相反,透過詩人的重新組合,去俗生新,無理而妙。在修

---

9 何寄澎:〈評錯誤〉,見林明德等編著:《中國新詩賞析》(臺北市:長安出版社,1981 年),第一冊。

辭技巧上，這是「反襯——用恰恰與人事物的現象或本質相反的詞語予以形容描寫」。如此矛盾語法的運用，反常合道，妙在使詩的情勢瞬間逆轉。女主角原本痴痴地等著心上人，「東風不來」，「跫音不響」，然而，達達的馬蹄聲，在向晚的青石街道上自遠而近，一聲聲敲打在心頭上，女主角滿懷欣喜地以為來者是「歸人」，所以這馬蹄聲不啻為世界上最美麗動聽的聲音。但出乎意外的，馬上的「我」不是歸人而是過客，使雀躍迎上前去的她如聞晴天霹靂，此即錯誤之緣由。「美麗的錯誤」真是無理而妙，魅力無邊。

三 美麗的夭亡與美麗的錯誤

針對何其芳的〈花環〉與鄭愁予的〈錯誤〉闡析評鑒之餘，比較這兩首傑作，可以分從三方面著眼。

第一，創作的泉源

就二十世紀的中國文學流派而言，早期的新詩，有自由詩派、格律詩派、象徵詩派。繼象徵派和新月派之後，一九三二年出現了以戴望舒為代表的「現代派」，因文藝刊物《現代》雜誌而得名。在西方現代主義文學思潮的影響下，現代派聲勢鼎盛，卞之琳、何其芳、施蟄存、李白風、番草等都嶄露頭角。其實，現代派可謂象徵派與新月派的合流與繼續發展，最具體的事實，戴望舒就曾是象徵派的代表，卞之琳也是新月派的要角。何其芳則是現代派的新秀健將。吳昊〈試論西方現代主義文學思潮對中國新詩的影響〉[10]論其特色：

> 中國現代詩歌在藝術上也是師承法國象徵主義的，它反對直接

---

10 吳昊：〈試論西方現代主義文學思潮對中國新詩的影響〉，見《中國現代、當代文學研究》1989 年 2 月（北京市：中國人民大學書報資料中心）。

陳述和直接抒情，主張通過形象或意象，進行暗示與隱喻，以客觀象徵主觀。但這一派的詩沒有李金髮象徵主義詩那樣神秘詭譎和晦澀，往往是明朗和朦朧相溶合。卞之琳著名的〈斷章〉便是例證，詩句是明白易懂的，意境卻是朦朧和不確定的。戴望舒的現代派代表作〈雨巷〉更是如此。現代派不同於象徵派另一個藝術表現是：他們的作品往往是象徵和浪漫抒情相結合，而非單一的象徵。

詩句明白易懂，意境朦朧而不確定，象徵和浪漫抒情相結合，正是何其芳詩歌的典型特色。

比何其芳晚二十年出現在詩壇的鄭愁予，也是屬於現代派的新秀，只不過此「現代派」非三十年代戴望舒為首的現代派，而是五十年代紀弦在臺灣所領導的現代派。鄭愁予傳誦一時的從〈晨景〉到〈雪線〉七首詩即初見於一九五四年二月出版的《現代詩刊》第五期。

基本上，何其芳與鄭愁予都是現代派詩人，共同的特色，是「有點現代又不太現代」。他們都洋溢著浪漫與激情，講究技巧，善於塑造意象。讀者乍見他們的作品，並無晦澀之感，但往往又感到相當費解，「有點懂又不太懂」，要想捕捉天才詩人內在心靈的異彩，絕非易事！

以〈花環〉與〈錯誤〉而言，主題雖然分別是悼亡與閨怨，然而淒美幽怨的抒情本質卻是相同的。兩者詩都是自由的形式，卻又兼具眾長。比較評析兩首詩，可得而言者約有下列五端：

（一）〈花環〉與〈錯誤〉這兩首抒情詩，語調輕柔，情感浪漫，意境淒美。以自由的形式，講究格律，擅於運用意象，帶領讀者進入作者所塑造的情境與氣氛裡，引人入勝，感人至深。兼具自由

詩、格律詩、象徵詩的優點，而又「妙在懂與不懂之間」，堪稱二十世紀中國現代詩中的代表作。

（二）〈花環〉與〈錯誤〉都具有相當精緻的藝術形式。兩首詩都各分為三節，在押韻方面，〈花環〉首句及偶句押韻，共有香、光、亮、上、光、傷、亡等七個韻字；〈錯誤〉則首節與末節押同韻，中間一節另外押韻，共有過、落、客、晚、掩等五個韻字。押韻的方式雖迥異，卻同樣有助於聲情的和諧優美。至於顏色字的運用、狀聲的安排，都使得全詩多彩多姿，有聲有色，相互爭輝。

（三）〈花環〉與〈錯誤〉的表達方式，最大的特色在擅長運用具體的意象表達抽象的觀念與感情，何其芳用八個意象顯現女主角的純潔、愛幻想與多愁善感，將小玲玲的形象浮現到眼前，烙印在讀者的心版上。鄭愁予用「蓮花的開落」喻女主角的青春流逝，以「寂寞的城」、「小小的窗扉緊掩」喻女主角孤寂的心境，引發豐盈的聯想，深情幽怨，極其耐人尋味。

（四）〈花環〉與〈錯誤〉末尾都有「立片言而居要，乃一篇之警策」之警句，「美麗的夭亡」與「美麗的錯誤」，清勁頓挫，在詩的情勢鋪展上曲折變化，在詩的語言上反常合道，無理而妙。足以使全詩增色生輝，蔚為傳誦天下的名句。

（五）就語言的精緻與技巧的講究而言，〈錯誤〉的時空處理，層層遞進，押韻的變化及運用入聲韻字顯示侷促的情感與迫切的期待，乃至於聲色俱佳的訴諸聽覺、視覺、感覺等，詩藝之奧妙，要比〈花環〉略勝一籌。純就作品的詩藝評價而論，鄭愁予堪稱長江後浪推前浪。

鄭愁予是純粹的詩人，先後印行的詩集有《夢土上》、《窗外的女奴》、《衣缽》、《鄭愁予詩選集》、《燕人行》、《雪的可能》、《鄭愁予詩

集（1951-1968）》、《剌繡的歌謠》等[11]。何其芳則身分多重，既是詩人，又是散文家，兼擅評論，先後擔任過新華日報副社長、社科院文學研究所所長等職。著有詩集《刻意集》、《預言》、《夜歌》、《夜歌和白天的歌》、《何其芳佚詩三十一首》[12]，散文集《畫夢錄》、評論集《關於現實主義》、《論紅樓夢》等。一九八四年，人民文學出版社印行六卷本《何其芳文集》，收錄了主要的創作與論著。兩位詩人的生活背景雖有異同，作者中的「愁」情與芬「芳」，卻相映生輝！

第二，傳統與現代

何其芳與鄭愁予的作品之傳誦廣遠，在二十世紀的中國詩人之中，評價不一定最高，普受大眾喜愛的程度，卻罕見其匹。其主要因素：一則由於妙在懂與不懂之間，既未流於淺白，也無晦澀之蔽。一則由於繼承了中國古來的抒情傳統。余光中在〈新詩與傳統〉的結論中說得好[13]：

> 新詩是反傳統的，但不準，而事實上也未與傳統脫節；新詩應該大量吸收西洋的影響，但其結果仍是中國人寫的新詩。優生

---

11 鄭愁予的詩集：《夢土上》（臺北市：現代詩社，1955 年 4 月）。《衣缽》（臺灣市：商務印書館，1966 年 10 月）、《窗外的女奴》（臺北市：十月出版社，1967 年 10 月）、《長歌》（作者自印，1968 年 6 月）、《鄭愁予詩選集》（臺北市：志文出版社，1974 年 3 月）、《燕人行》（臺北市：洪範書店，1980 年 10 月）、《雪的可能》（臺北市：洪範書店，1985 年 5 月）、《鄭愁予詩集》（臺北市：洪範書店，1986 年 3 月）、《刺繡的歌謠》（臺北市：聯合文學出版社，1987 年 7 月）。

12 何其芳的詩集：《刻意集》（詩、散文合集，上海市：文化生活出版社，1938 年）、《預言》（重慶市：文化生活出版社，1945 年）、《夜歌》（重慶市：詩文學社，1945 年）、《夜歌和白天的歌》（北京市：人民文學出版社，1952 年）、《何其芳佚詩三十一首》（重慶市：重慶出版社，1985 年）。

13 余光中：〈新詩與傳統〉，見余光中《掌上雨》（臺北市：大林書店，1970 年 3 月）。又收錄在張漢良、蕭蕭主編：《現代詩導讀·理論、史料篇》（臺北市：故鄉出版社，1979 年 11 月）。

學的原則是避免同族通婚；我們不認為同一血統的組成份子必須永遠互相通婚才會產生健康的後裔。如果新詩是充實而有光輝的，則任何對於新詩的攻擊，將變為對攻擊者本身的嘲弄；如果新詩是貧乏而黯淡的，也不勞批評家們的藍墨水或黑墨水的沖洗，自己終會褪色、消滅。

何其芳的〈花環〉與鄭愁予的〈錯誤〉，出世已分別超越六十年與四十年，迄今仍未褪色，其緣由就是因為既能接受西方現代文學的洗禮，又繼承了中國古典文學的優良傳統。就具體的例證而言，如本文前面的析論，鄭愁予〈錯誤〉所呈現的惆悵淒婉的愁情，正是唐宋詩詞中常見的閨怨：從王昌齡〈閨怨〉的「春日凝妝上翠樓」，劉禹錫〈春詞〉的「深鎖春光一院愁」，到溫庭筠〈望江南〉的「過盡千帆皆不是」，乃至於柳永〈八聲甘州〉的「想佳人，妝樓顒望，誤幾回，天際識歸舟」，鄭愁予幻化出來美麗的〈錯誤〉，古今詩人的靈氣飛舞，流動在文學傳統的血脈中。至於鄭愁予的時空處理，焦點層遞的手法，其實早在兩千年前漢代《古詩十九首》中即已見端倪：「青青河畔草，鬱鬱園中柳，盈盈樓上女，皎皎當窗牖。」遠景、中景、近景，鏡頭的移轉，如出一轍。

何其芳的〈花環〉雖然不像〈錯誤〉那樣直承漢唐，然而誠如蔣勤國〈為抒情散文找出一個新方向〉[14]所稱：「極具詩人氣質，多帶有頹傷色彩的縹緲幽思，喜歡在流連光景和夢幻、寂寞的境界中尋求美、感受美，其思想空靈得幾不歸於實地。」楊牧讚譽鄭愁予「中國的中國詩人」，何其芳的氣質，正是中國詩人的中國氣質！關於傳統

---

14 蔣勤國：〈為抒情的散文找出一個新的方向──何其芳早期散文藝術追求探索〉，《中國現代、當代文學研究》1989 年 7 月（北京市：中國人民大學書報資料中心）。

與創新,我曾經提出四點意見[15]:1.擷取傳統菁華。2.摹擬而後鎔成。3.鼓足勇氣挑戰。4.掌握時空意識。何其芳、鄭愁予正是最佳的佐證!

第三,共通的血緣

〈錯誤〉的名句「美麗的錯誤」,與〈花環〉的名句「美麗的夭亡」,顯然有共通的血緣。臺灣的詩評由於早期兩岸阻隔,不易見到何其芳作品,在評論〈錯誤〉時並未論及此點。近年來大陸的詩評卻屢見評論,如璧華〈評錯誤〉[16]:

> 「美國的錯誤」──這句話是從何其芳那首〈花環〉中末句:「你有更美麗的夭亡」脫胎而出。讀者可將兩句對照一下,看看是也不是?

李元洛〈評錯誤〉[17]:

> 最後一節「我達達的馬蹄是美麗的錯誤／我不是歸人,是個過客」,點明了詩題和全詩的抒情視角,同時也,顯示了鄭愁予的詩歌與二、三十年代新詩的淵源。何其芳作於三十年代的〈花環〉一詩,末句是「你有更美麗的夭亡」,鄭愁予的名句「我達達的馬蹄是美麗的錯誤」這一矛盾詩語,想必是從何其芳的詩脫胎而來。

璧華、李元洛的意見,當然言之成理,任何讀者都會引起內心的共鳴。其實,根據筆者研究,又有兩項嶄新的發現:

---

15 沈謙:《期待批評時代的來臨‧文學的傳統與創新》(臺北市:時報文化公司,1979 年 5 月)。
16 璧華:〈評錯誤〉,見唐祈主編:《中國新詩名篇鑒賞辭典》。
17 李元洛:〈評錯誤〉,見公木主編:《新詩鑒賞辭典》。

（一）「美麗的錯誤」固然脫胎自「美麗的夭亡」，然而何其芳的名句也是有所本的。《馬克吐溫自傳》早已有「仁慈的錯誤」：

> She thought all letters deserved the civility of an answer. Her mother brought her up in that Kindly error.

馬克吐溫敘其女兒認為禮貌上應當有信必覆，這種態度是媽媽教導，自幼及成長始終信守不渝。問題是如此美德卻造成了「仁慈的錯誤」。馬克吐溫寫作成名，讀者來函如雪片飛來，女兒代父回信疲累過度而早夭，因為覆信的美德竟至喪命，這真是「仁慈的錯誤」！「美麗的夭亡」，「美麗的錯誤」與此理無二致。如此「反襯」修辭法兼具「無理而妙的諷刺」、「反常合道的啟示」，妙用無窮[18]！

何其芳極可能受馬克吐溫的影響，由此可見。何況詩人從西方得到啟發早已屢有前例。陳尚哲〈論何其芳早期散文的藝術貢獻〉[19]即指出：何其芳在〈墓〉中使死後的玲玲從墓中出來與情人相會，顯然帶著法國象徵主義作家偉里耶的色彩。

（二）何其芳在《畫夢錄》中有一篇散文〈黃昏〉。與鄭愁予〈錯誤〉的情況也有某種程度的類似：

> 馬蹄聲，孤獨又憂鬱地自遠而近，灑落在沈默的街上如白色的小花朵。我立住。一乘古舊的黑色馬車，空無乘人，紆徐地從我身側走過。疑惑是載著黃昏，沿途散下它陰暗的影子，遂又自近至遠地消失了。街上愈荒涼，暮色不垂而合閉……

如此馬蹄聲、黃昏、街道，與鄭愁予〈錯誤〉詩中的「達達的馬

---

18 反襯的妙用，詳見沈謙：《修辭學・映襯》（臺北市：空中大學，1991 年 3 月）。

19 陳尚哲：〈論何其芳早期散文的藝術貢獻──畫夢錄、刻意集試析〉，收入《中國現代文學研究叢刊》一九八七年第二期（北京市：作家出版社）。

蹄」、「青石的街道向晚」，是否有關聯，那就相當耐人尋味了。

　　總結而言，鄭愁予〈錯誤〉一詩，極可能受到何其芳〈花環〉、〈黃昏〉的若干啟示。不過，平心而論，〈錯誤〉的情勢鋪展，情境呈現，塑造意象，醞釀氣氛，在詩藝上比起〈花環〉，堪稱略勝半籌。〈花環〉開啟先路，〈錯誤〉後出轉精，在文學史上兩者的評價理應是平分秋色的。

　　三十年代馳名大陸文壇的何其芳，雖然被海峽分隔數十年，在臺灣讀到他的傑作，仍然是「何其芳也」！五十年代風靡臺灣的鄭愁予，赴美二十餘年，流浪海外，不知是否「美麗的錯誤」？二十世紀中國詩壇的這兩個閃亮的巨星，〈花環〉與〈錯誤〉將「永」遠散發著芬「芳」，筆者斗膽斷言，此語即使錯誤，也是「美麗的錯誤」！

　　　　　　　　──選自《中國現代文學理論》1期（1996年3月）

鄭愁予〈錯誤〉析評

楊鴻銘

　　歷來閨怨之詩，有因己身遭遇而自述者，有假借其人而以你、我、他抒陳者，有藉他人口吻設身處地而代為敘描者；方式不一，但均以思婦為主，或濃烈、或輕淡，但敘其相思的情愁者則同。

　　閨怨之詩，因敘主觀的情感，所以用筆太顯則失之低俗，太隱則難知其意；太濃則頗含怨氣，太淡則難以抒情。也許通篇直賦，但直賦須以客觀普遍的筆觸敘寫，否則可能淪為自我呻吟；也許通篇象徵，但象徵須含具體的意念，否則可能使人不知所云；也許間用比擬，但比擬必須恰如其分，否則可能失之輕佻淺薄；也許間用雙關，但雙關必須切合題意，否則可能陷入五里霧中。如何表抒情感？如何採用筆法？正是閨怨詩成敗與否的關鍵。

一　文章分析

　　鄭愁予〈錯誤〉一詩，以過客的「我」與思婦的「你」交互鋪敘，以設身處地的寫法揣摩思婦的心境，並以含蓄而又具體的筆法，細膩刻劃思婦愁傷欲吐的情懷，頗能叫人心動而憐惜。本詩係以「歸」字為線眼，以「客」字脈貫其中；全詩在「歸」與「客」的交互織綜之下，縷縷表抒一幅低吟不盡、詩意盎然的畫作。全詩計分三大部分：

一、情境：將作者與思婦兩相結合，藉以拉開全詩的序幕，並明示「錯誤」的由來與寫作的動機。

（一）過客：「我打江南走過」：明示作者所經之地與思婦所住之處；但從詩意上看，江南只是一個象徵性的地名，並不專指某一個地方。

（二）思婦：「那等在季節裡的容顏」：在時間裡等待的思婦，意指思婦每天不停的等待。因為「季節」比「時間」具體，所以意象比較鮮明；因為「季節」比「日子」為長，所以清楚表達思婦已經等了好幾個季節，已經等了好久、好久了。

「如蓮花的開落」：收束情境一節。思婦青春的年華，因為一季一季的等待，所以美麗的容顏已經隨著時間的消逝，而漸漸的凋損了。以「蓮花」的開與落，形容思婦的等與衰，頗為具體。

「我打江南走過」，本來只是一件不經意的事情，但與思婦的意念刻意結合之後，情境反而成為全詩主要的場景。

二、主景：純從閨婦思歸的情愁抒陳，並以前後兩節意念與手法相近的方式敘寫，頗能深入刻劃閨婦的思愁。

（一）敘一：光敘「思」的原因，然後巧其筆法盡情的鋪陳。

1.原因：「東風不來」：「東風」借指良人。

2.處境：「三月的柳絮不飛」：「柳絮」借指思婦。

春風不吹，春天三月裡的柳絮無法乘風飛舞。以「東風」比良人，以「柳絮」比思婦；良人不歸，思婦的心情無由舒展；猶如東風不來，柳絮無法乘風飛舞一般。

「你底心如小小的寂寞的城」：收束敘一此一小節。因為良人未歸，思婦緊閉其心；緊閉的心如同一座小小的城堡，城堡中除了鎖著對良人的繫念之外，別無他物；所以心中只有寂寞，只有思念。

「恰如青石的街道向晚」：補敘上節文字，逼使「寂寞」更進一

層。思婦閉起窗扉，心中一片靜悄與寂寞，有如黃昏時候青石的街道，空無一物；只有斜暉不知人愁，仍然照在空盪盪的街上，憑添了幾許的冷清。

（二）敘二：反覆上一小節，並採用相近的筆法敘寫。

1.原因：「跫音不響」：以「跫音」具體描寫良人是否歸來，不但可使「歸」的意念更為明晰，而且也使「歸」的動作更為具體。

2.處境：「三月的春帷不揭」：「春帷不揭」，一來暗示其心貞定，永不移易；二來表示其心愁傷，無由舒展。

靜聽良人歸來的腳步聲，但卻始終沒有響起；三月的春天雖然已經到了，可是良人還沒回來，所以思婦的窗帷仍然緊緊的閉著。

「你底心是小小的窗扉緊掩」：收束敘二此一小節。直承上文的「春帷不揭」，更進一層敘其「窗扉緊掩」，頗有良人未歸，所以不但「不揭」，而且更將窗扉「緊掩」，我心永遠貞定的意涵。

「窗扉緊掩」既指抽象的心，又指實際的窗，一語而雙關。

本章前後兩節的意念與筆法，雖然相近，但卻頗含層遞的意趣：

1.「東風不來」與「跫音不響」，均指良人未歸；但「東風」屬於自然的現象，「跫音」則以直接走路的腳步聲來替代整個的歸人，所以意象具體而又細緻。

2.「三月的柳絮不飛」與「三月的春帷不揭」，均指思婦心情無由舒展；但「柳絮」屬於自然的景物，「春帷」則以眺望歸人的眼睛，直陳思婦不移的信念，所以情感濃烈而又含蓄。

3.「你底心如小小的寂寞的城」與「你底心是小小的窗扉緊掩」，均指良人未歸，思婦的內心寂寥。但「寂寞的城」是空泛的，「小小的窗扉」是侷限的；空泛的「寂寞的城」，含意不如侷限的「小小的窗扉」來得深刻。而且「小小的窗扉」係直

承上文「三月的春帷」而來，所以意象比信手比喻的「小小的
寂寞的城」更為具體。

4.「恰如青石的街道向晚」：只在前節出現，後節並無相應的字
句，因此可以視為上文「你底心如小小的寂寞的城」的補敘，
也可以當作整章詩意的總結。

三、外景：以「過客」為主線鋪敘成文。呼應首章「我打江南走
過」，敘寫走過的情形及走過的餘波。

（一）情境：「我達達的馬蹄是美麗的錯誤」：「錯誤」，係指思婦
將過客誤為良人；美麗的錯誤，係指雖把過客誤為良人，但在錯誤之
中卻有一分期盼已久的喜悅。

思婦在千盼萬盼時，終於聽到一陣馬蹄的聲音；思婦以為良人已
經回來了，心中不由一陣狂喜；但待仔細分辨，原來不是良人，而是
過客；雖然不是良人，但卻曾有誤以為良人短暫的欣喜，所以說是
「美麗的錯誤」。

（二）主題：「我不是歸人，是個過客」：明示主題，回應題文
「錯誤」二字，並總結了全詩。

本詩首先交代情境，其次著墨於思婦的描寫，直到詩末方才明示
主題，在詩文的作法上，屬於畫龍點睛一類。

二 專題研究

因為含蓄不露，所以文章的餘韻可以無窮；因為盡而不盡，所以
覽閱之後，可以低迴不已。但含蓄的文章，意象必須具體；不盡的作
品，表意必須明晰；否則含蓄反而成為隱晦，不盡反而使不知所云。

不管是隱、是藏，意念必須求其鮮明，意象必須清晰可辨，才能
表達作者由衷的情志，才能感動讀者內在的心靈。具象─以具體的情

事表抒文章的意象，正是清晰表意重要的方法；如就本詩加以分析，可以歸出下列五種具象的方法：

一、抽象具象：把抽象的描寫落實到具體的事物上，藉可感可觸的具體事物，表達無法捉摸的概念，叫作抽象的具象化。如本詩「那等在季節裡的容顏」句，時間本來不可捉摸，但作者卻以「季節」借指時間；雖然「季節」也是屬於抽象的意念，但「季節」至少可以分辨春、夏、秋、冬，已較時間來得具體多了。

二、概象具象：如果情事沒有一定的範圍；或事物的面貌不勝枚舉，無法悉數羅列在文字之中，此時可以選擇一個定點或較具代表性者具體的鋪述，也可以達到具象的目的。如本詩「我打江南走過」，「江南」不必真有其地；「江南走過」不必真的親臨其地；但「江南」一詞，卻使全詩的意象穩定了下來。

三、譬喻具象：抽象的情志，有時很難敘寫清楚；惟有採用譬喻的筆法，以具體的事物比喻抽象的概念，才能清晰表達出全文的主題。如本詩「你底心如小小的寂寞的城」句，心閉如城，心內如寂，意象頗為清楚。

四、象徵具象：以類似而又相關的聯想鋪陳情事，筆法雖然間接，但在間接之中卻因相近的特質或相關的聯想，而把意念具象化了。如本詩「東風不來，三月的柳絮不飛」一節，「東風」雖指春風，但也象徵思婦心中的良人；「三月」雖指春天，但更象徵思婦的年華與心情。

五、雙關具象：以單一字句或一節文字敘寫兩種以上的意思，叫做雙關。雙關因為採用同音、同字、甚至同類的事物聯繫主題，所以雙關之後的字句不但具體，而且活潑。如本詩「跫音不響，三月的春帷不揭」一節，「春帷不揭」一表心情無由舒展，一表女心貞定如石，表意具體而又生動可感。

　　以具體的情事表達文章的意象，必須注意兩者之間是否類似？是
否相關？是否足以引起讀者的聯想？否則你是你，我是我，覽閱之後
讀者無法聯繫兩者的關係，哪能得知作者所想表達的，到底是些什
麼？

三　詩文分析表

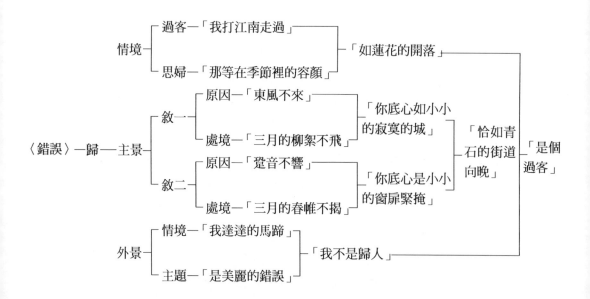

〈錯誤〉的因式分解

丁威仁

因式分解（X＋Y）的二次方：

1 X的平方

　　一首好詩要引人入勝，起句或首段的安排極為重要，〈錯誤〉一詩的首段（即首兩行）低二格排列，筆者將其視作為此詩的楔子，詩中之有楔子，雖非起自於愁予，但把楔子置於首，並利用「倒果為因」的倒序手法，將楔子以事件的結果來呈現，以導引出讀者的懸念，在現代詩人之中卻不多見。詩人在其中以「走過」來暗示著此後詩句的發展時序，均在首段之前，使得整首詩的第二段在客觀時序上，作為第一段的補敘，而末段的出現，則是對首段起著心理補償的作用。所以，我們可以將首段視為此詩「一以貫之」的整體性意象，作為得勝頭迴，首段並不敘述緣起，而直陳結果，的確一開篇便造成了詩歌節奏產生跌宕的效果，「等」字的運用，則導致了跌宕動線上的心理時間狀態的延伸，使得此「等待」更形漫長。而此句一行十五字與前句一行六字的強烈對比，欲發使得作為過客的詩人，行跡之匆匆，並未稍作停留，亦映襯出「在季節裡所等待」的那位「容顏」內心的寂寥，將日復一日，難有著落。

2　2XY

　　詩人在此段中將等待者的「心」作了兩次展示，先將它明喻成「小小的寂寞的城」，然後隱喻為「小小的窗扉緊掩」，在明喻──隱喻之間，詩人把等待者原本寂寞的心，深化成了封閉，在深化意象的過程當中，詩人以一句節奏強烈、音響飽和的「恰若青石的街道向晚」，聯繫了之前的「寂寞」與之後的「自我封閉」，並且藉由青石街道作為主體，輔以向晚的動作，使得原來寂寞的城（心），應該可以產生動態的呈現，然而此後的一句「跫音不響」，卻使得原本應該飽滿的音響，倏地收煞，導引出等待著的心，原是「緊掩的窗扉」般如此的孤寂。當然在此段之中，的確可以看出愁予在詩歌經營上的用心良苦，把「柳絮不飛」之因歸咎於「東風不來」，其中東風被暗示成「我」，柳絮則象徵著等待者的心理動線，詩人藉由雙重的否定，肯定了等待者的心寂寞如城，再藉由「青石街道向晚」的動態展示，聯繫著跫音／春帷的再次雙重否定，正因等待著仍未聽見「我」於街道上的足音，所以未揭起春帷張看，這裡詩人不但寫出了等待者的等待是無時無刻、且從未斷續的，亦寫出了她其實是「善等待的」，也因此使得「向晚」這個動詞被賦予了「等待」的意義在內，而「窗扉」自然成為詩人「歸類於密」之後所運用的意象了。

3　Y的平方

　　至此，詩人對於「我」的錯誤，要作下一說詞與結論，也可以說是「我」的一種自我救贖，詩人藉由「是個過客／不是歸人」的投射，不但肯定了這個事件是個「美麗的錯誤」，更重要的是，「我」的主體性至此方能完全透顯，正因為「我」並不是歸人，所以在馬不停蹄的達達聲中，每一步的確都造成了等待者的誤認，無論是誤認

「我」必將會佇馬歇息，或是「我」是歸人而並非過客。但既然「我不是常常回家的那種人」，又「寂寥和等待，對婦人是好的」，所以詩人在時間的洪流當中，作為過客匆匆，每一次的邂逅，或許的確是一個「美麗的錯誤」吧！

4　$(X+Y)^2 = X^2 - 2XY - Y^2$

等待者（X）	我（Y）
容顏	季節
蓮花	東風
柳絮	跫音
城	達達的馬蹄
青石的街道	美麗的錯誤
春帷	不是歸人
窗扉	是個過客

——選自《國文天地》13卷1期（1997年6月）

情采鄭愁予

蕭 蕭

　　鄭愁予，是臺灣現代詩壇從大陸遷移來臺，在臺灣生展奇容異貌、多元可能，之後，又轉赴海外再現新姿的一批新詩人的具體代表。

　　鄭愁予，原名文韜，祖籍河北寧河，一九三三年生於軍人家庭，一九三七年中日戰爭爆發，隨其父親因轉戰之需要而馳徙於大江南北，山川文物既入秉異之懷，乃成其跌宕宛轉之詩篇。此一成長背景，影響於鄭愁予之詩作巨大而深遠。首先是祖籍河北的「燕人」身分，成為其詩中陽剛之氣汨汨不斷的血緣；軍人家庭，轉徙南北的經歷，加強了雄渾風格的奠立，原名文韜的韜略期許，筆名愁予的「目眇眇兮愁予」之氣質呈現，構成了他既柔婉而又粗獷的詩作特色。

　　到臺灣之後，鄭愁予在多風的新竹度過他的青少年期，畢業於中興大學之後，轉赴多雨的基隆港口工作多年，他個人喜愛登山、觀海，臺灣的山、風、海、雨因此塑造了他的另一種藝術背景。一九六八年赴美，爾後，取得愛荷華大學藝術碩士，復在大眾傳播博士班研究，任教於耶魯大學東亞語文學系，異域雲遊，書齋沈潛，勃發的生命力不能不有另一種伸展。因此，四十多年來，「鄭愁予的筆觸，既有塞北江南的寓意，也有海外異域的采風，更有臺灣鄉土的情懷，而他眷愛的好山好水，一直都悠遊於作者廣大浩瀚的心室，詩人是通過

書寫小我之情,捕捉大我之情,而進入無我之情的至高境界」[1]。

　　鄭愁予屬早慧詩人,才華外溢,一九四八年十六歲的少年即在
《武漢時報》發表處女詩作,一九四九年自印詩集《草鞋與筏子》。
來臺後,最先為人傳誦的〈從晨星到雪線〉一輯七首,初刊一九五四
年二月《現代詩》第五期,自此以唯美情采飲譽詩壇,歷久不衰。楊
牧甚至於用「鄭愁予傳奇」為題來評頌他,肯定:「鄭愁予是中國的
中國詩人,用良好的中國文字寫作,形象準確,聲籟華美,而且是絕
對地現代的」,又說:「愁予赫然站在中國詩傳統的高處……愁予繼承
了古典中國詩的美德,以清楚乾淨的白話,又為我們傳達了一種時間
和空間悲劇情調」[2]。楊牧所肯定的是《夢土上》(一九五五年出版)、
《衣缽》(一九六六年出版)、《窗外的女奴》(一九六八年出版)裡的
鄭愁予,這些作品都是一九六六年以前(三十二歲)所寫,可以稱之
為「情采鄭愁予」的作品,一般讀者所熟知的詩篇、詩句盡在於此:

> 我達達的馬蹄是美麗的錯誤
> 我不是歸人,是個過客
>
> 我是來自海上的人
> 山是凝固的波浪
>
> 多想跨出去,一步即成鄉愁
> 那美麗的鄉愁,伸手可觸及
> ──我是北地忍不住的春天

1　見張默、蕭蕭編著:〈鄭愁予小評〉,《新詩三百首》(臺北市:九歌出版社,1995
　年9月),下冊。

2　見楊牧為《鄭愁予詩選集》所寫的序。《鄭愁予詩選集》(臺北市:志文出版社,
　1974年3月)。

　　當時的現代詩壇，「橫的移植」之說甚囂塵上，現代詩人競相炫奇作怪，鄭愁予獨保留宋詞元曲中的優美遺韻，讀者對於古典之美的眷懷，不能不經由鄭愁予的詩作獲得滿足。然而，鄭愁予也是一個極為現代的詩人，即以前列詩句而言，在音韻的講求（如「達達」之擬聲與涵義）、語詞的有意錯接（如「美麗的錯誤」、「忍不住的春天」）、想像的奇詭（如「山是凝固的波浪」、「一步即成鄉愁」），均有渾然天成的「鍛鍊」。「渾然天成」指鍛字鍊句後呈現的自然態式，也指著整首詩所給人的那份渾圓自然的感覺。在眾多「有句無篇」的現代詩作中，鄭愁予的渾然天成是他繼續擁有多數讀者的重要原因。

　　鄭愁予與瘂弦都擅長抒情之作，婉約、冷肅、柔美、悠長，兩人也都停筆於一九六五年，是否對當時晦澀之作的消極抗議呢？此後十五年間，鄭愁予不再有詩作發表，直到一九七九年九月將前三冊詩集結合為《鄭愁予詩集》出版，此年年底才又發表新作，離開臺灣，住居美國已十一年矣，四十六歲的鄭愁予將以另一種沈靜凝鍊的面貌呈現給讀者。比之瘂弦，自一九五一年開始寫詩至一九六五年停筆，從此不再有詩作發表，鄭愁予則發展了「耶魯鄭愁予」的新貌，是詩壇之幸事。

　　不過，氣質、才具相近，瘂弦對鄭愁予的了解，可以從《六十年代詩選·鄭愁予評傳》的撰述中見出，瘂弦特別強調愁予童年的閱歷，說：「鄭愁予是在中國許多地方長大的北方人。童年在江南、在湘桂粵、在北平、在接近邊塞的北方鄉下、和在臺灣。雖然，來臺灣已是十多歲了，而他覺得，他的童年是來臺灣一年之後才結束的」。拉長童年歲月正是長期存有赤子之心、純真之情的另一種說法，詩心就是童心，鄭愁予之詩所以美，肇因於此，因而瘂弦又說：「鄭愁予的名字是寫在雲上。他那飄逸而又矜持的韻致，夢幻而又明麗的詩想，溫柔的旋律，纏綿的節奏，與夫貴族的、東方風的、淡淡的哀愁

的調子，這一切造成一種魅力，一種雲一般的魅力；這一切造成一種影響，一種巨大的不可抗拒的影響；這一切造成我們這個詩壇的『美麗的騷動』。」[3]

「情采鄭愁予」的階段，引述瘂弦、楊牧的評讚，最可立即掌握鄭愁予詩風、詩想之特質，如果仔細評析其代表作〈錯誤〉，或許更能見出「愁予風」的魅力何在。

〈錯誤〉
　　我打江南走過
　　那等在季節裡的容顏如蓮花的開落

　　東風不來，三月的柳絮不飛
　　你底心如小小的寂寞的城
　　恰若青石的街道向晚
　　跫音不響，三月的春帷不揭
　　你底心是小小的窗扉緊掩
　　我達達的馬蹄是美麗的錯誤
　　我不是歸人，是個過客……

〈錯誤〉這首詩是臺灣近四十年來最為人所樂於誦讀、傳唱的現代詩，考其風行的原因，不外「聲色」二字，先觀「色」，鄭愁予善於轉化傳統詩詞的意象，擷取其中最為引人的詞彙，加以活用，此詩中「江南」、「蓮花」、「東風」、「柳絮」、「青石」、「向晚」、「跫音」、「春帷」，都是古詩舊詞習見的意象，鄭愁予轉而鋪排出古典婉約之美。令人不自覺地跌回唐宋詩境而竊喜不已。再察「聲」，鄭愁予的

3　張默、瘂弦主編：《六十年代詩選》（高雄市：大業書店，1961 年 1 月）。

詩一向聲籟華美，此詩表面上已多處協韻，如降低二格排列的首二句，以「過」與「落」相協，完美無缺；第一段第三行「向晚」與第五行「緊掩」，也有押韻效果。其次，行中的協韻與首尾的呼應，錯落有致，起伏和諧，如：第一段中的「心、城、青、因、心、緊」以ㄣ、ㄥ相間，又呼應了最後一行的「人」；如首二句「過」、「落」可以和末二句「錯」、「過」遙相呼應；如首二句「季節」的一節與第一段「街道」的「街」、「不揭」的「揭」，同音重複，可以再三喚醒記憶中的旋律；首二句的「容顏」與第一段末行的「緊掩」，第一段首行的「不飛」與詩之最後一行的「不歸」，與第一段四、五行的「春帷」與「窗扉」（「春」與「窗」聲母又同），音韻相近，跌宕相隨，這樣的設計，已進入妙境矣！更不必提「小小」、「達達」、「不來」、「不飛」、「不響」、「不揭」的類疊回音了！

〈錯誤〉這首詩開始的兩行比其他詩行降低兩格，這樣的形式設計，讓我們可以將這兩行詩另眼看待，將這兩行當作是此詩的「小序」，最為恰當。現代詩人往往喜歡在詩的開頭引用別人的名言或詩句來總結全詩，或開創詩意，有「他序」的作用；鄭愁予則以自撰的詩行低置兩格，顯然是在說明寫作的旨意，有「自序」的意味。〈錯誤〉這首詩類似唐朝的閨怨詩，惋惜「那等在季節裡的容顏」如蓮花幾度綻開、凋零，幾度燦美、消損，這正是鄭愁予寫此詩的初衷。「我打江南走過」，表示我不是江南之人，可能從北地來、從邊塞來，那些地方乃傳統閨怨詩之「怨」所來自的地方，而江南應該是鷹飛草長，男女情亦長的所在，尤其是暮春三月。結果見到的是「那等在季節裡的容顏如蓮花的開落」，紅顏消瘦的憐惜之情，溢於言表！「江南」二字道出了此詩場景之美，「蓮花」二字顯露了此詩人物之美，以此「美麗」更能反襯其後「錯誤」的惋惜之痛！

以修辭學的觀點來看「那等在季節裡的容顏如蓮花的開落」，全

句當然是譬喻句（明喻），「那等在季節裡的容顏」則暗指「思婦」，
「季節」二字借代「時間」、「歲月」，時間、歲月，泛指而抽象，不
如用「季節」，具體而鮮明。孔子寫作以魯國歷史為中心的編年史，
定名為《春秋》，即以春秋二字借代整段歷史。「那等在季節裡」的容
顏，是倒裝句：「那在季節裡等待」的容顏，此一「容顏」不用「紅
顏」二字，頗有青春不再之意。「開落」二字字意相反，雙義仄用，
「開」字是「配字」而已。因此，體會此句詩意應是：那在季節裡等
待的思婦，如蓮花凋落。此乃本詩命意之所在。

　　第一段「東風不來，三月的柳絮不飛」，一方面交代事件發生的
影響背景，是東風不來、柳絮不飛的時候，一方面則以外在的景物暗
喻內在的心境——「古井不生波」，情人是「東風」，思婦是「柳
絮」，情人「不來」，所以思婦的心「不飛」。柳絮飛揚是多美的春
景，但沒有東風，一切的心緒都無法飛揚！同理，情人的「跫音不
響」，所以思婦的「春帷不揭」，顯示了女子對情愛的堅定與執著。因
此，鄭愁予以三個譬喻句「你底心如小小的寂寞的城」、「恰若青石的
街道向晚」、「你底心是小小的窗扉緊掩」來形容女子堅貞自守的心。
向晚的青石街道，少有行人，寂寞可知，比較「青石的街道向晚」與
「向晚的青石街道」。前者有時間延續的寂寞感，彷彿由空間（青石
的街道）延向時間（晚），寂寞隨之無止盡地拉長；後者則只點出黃
昏的青石街道，以一景寓一情而已。這三句譬喻句，從「城」而
「街」而「窗」，由大而小，有層遞中的遞減效果。如用電影的運鏡
方法，則遠景、中景而特寫，景物愈小而明晰度愈高，寂寞感也愈
大。

　　擴大而言，整個第一段可以視為以「你底心」為喻體的五個譬喻
句，「東風不來，三月的柳絮不飛」，這兩句可以當作是省略喻體、喻
依的「借喻」：「你底心就好像東風不來　柳絮不飛」，「你底心就好像

跫音不響　春帷不揭」。如是，鄭愁予以五個不同的句子來告訴我們思婦之心專一堅定，給我們留下深刻的印象。

因此，「我達達的馬蹄」才有可能造成「美麗的錯誤」，第二段的首句呼應了「跫音不響，春帷不揭」，馬蹄既來，春帷揭飛，這是喜悅，這是美麗，然而這也是錯誤，因為「我不是歸人，是個過客」，思婦難掩失望之情，期待多時卻仍然落空，跫音久不來，來的卻是過客的達達馬蹄聲，故事至此是一個高潮，戛然而止，令人回味不已。

五代詞家溫庭筠〈夢江南〉：「梳洗罷，獨倚望江樓。過盡千帆皆不是，斜暉脈脈水悠悠。腸斷白蘋洲」。其情其景，〈錯誤〉這首詩極為相近，春閨中的女子會不會一再揭起春帷感嘆：盡是過客，不見歸人！溫庭筠以「白蘋」表示春天，鄭愁予以「柳絮」代表春天，溫以「斜暉脈脈水悠悠」寫女子含愁遠望的神情，鄭以「青石的街道向晚」寫女子心中的寂寥，都以黃昏、悠長之景來表達，古今詩情可以相通。溫有「腸斷」一詞，鄭有「錯誤」之嘆，鄭愁予含蓄多了！

這樣的含蓄之情，在唱起臺語歌曲〈望春風〉時可能也會興起似曾相識的情境：「聽見外面有人來，開門給看覓，月娘笑阮憨大呆，被風騙不知」。同樣的思春，同樣的期待落空，同樣無奈！

鄭愁予的詩大抵都能呈現「舞台深度」，使人物、情節「立體化」，我把這種意象化、立體化的詩，稱之為現代詩的「小說企圖」，與〈錯誤〉這首詩具有「同質性」的其他詩作，也一樣可以見其「小說企圖」的，如〈騎電單車的漢子〉。

> 每個黃昏他必馳過，這一列街屋
> 戰爭年代的倚門婦人
> 愛看急急的行
> 歪帽子的風塵

這是哪兒來的漢子呢？
不出征的男兒
電單車馳過戰爭年代的黃昏
倚門的婦人
咀嚼著！

騎電單車（摩托車）比騎馬更現代一點，然而，男人仍是行色急急，婦人仍是倚門而望，現代版的「獨倚望紅樓」仍然寫著婦女古今相同的宿命。

再如，〈情婦〉一詩，可以看出鄭愁予的主觀設計、「城」還是青石小城，「我」仍然不是常常回家的那種人，「婦人」依然是寂寥與等待，「季節」的感覺依然敏銳：

在一青石的小城，住著我的情婦
而我什麼也不留給他
祇有一畦金線菊，和一個高高的窗口
或許，透一點長空的寂寥進來
或許……而金線菊是善等待的
我想，寂寥與等待，對婦人是好的。

所以，我去，總穿一襲藍衫子
我要她感覺，那是季節，或
候鳥的來臨
因我不是常常回家的那種人

不論平時或戰時，詩中的男子都不是常常回家的那種人，此之謂「浪子」，鄭愁予另有一首詩〈浪子麻沁〉，寫原住民落寞的浪子麻

沁，主角從未現身，整個部落卻議論紛紛那浪子是生是死，氣氛營造一分成功，戲劇效果逼真，「小說企圖」明顯可見。

將〈錯誤〉到〈浪子麻沁〉四首詩結合，則「浪子」與「情婦」的故事似乎在鄭愁予的詩中一直推演著。浪子意識已成為鄭愁予詩中的主題內容，鄭愁予童年隨父親轉徙各地，青年之後攀登百岳，壯年之時移居他鄉，似乎都可以見證「浪子意識」如何形成。而面對「情婦」時的那種永遠的新鮮活力與情意，將童年感覺無限延長的天真赤子心，都成為他詩中綿綿不絕的精彩情采。

因此，以「地」而言，浪子鄭愁予永遠沒有在「中央」、「中心」的感覺，「邊陲意識」非常強烈。喜歡「海」，海是大地向遠方推進的邊陲；喜歡「山」，山是大地向天空逼近的邊陲；喜歡「浪子」、「情婦」，因為那是塵世生活、社會倫理的邊陲；喜歡「向晚」，那是日與夜的邊陲；喜歡「馬蹄」，農業文明的邊陲；喜歡寂寞的城，那是傳統最的邊陲。〈錯誤〉這首詩的場景設計充滿著「邊陲意識」，鄭愁予的登山詩，如〈邊塞組曲〉、〈山居的日子〉、〈五嶽記〉、〈草生原〉……等輯，都可視為「邊陲意識」的呈露，甚至於《衣缽集》要傳下革命的衣缽，不也是「革命」邊陲的感覺？

其中傑出作品，如《鄭愁予詩集》中的〈殘堡〉、〈野店〉、〈邊界酒店〉都傳達這樣的訊息。殘堡是邊地的殘堡，「百年前英雄繫馬的地方／百年前壯士磨劍的地方／這兒我黯然地卸了鞍／歷史的鎖啊沒有鑰匙／我的行囊也沒有劍／要一個鏗鏘的夢吧／趁月色，我傳下悲戚的『將軍令』／白琴弦……」這殘堡是時空的邊陲，將軍令，多鏗鏘！卻也不過是琴弦發音的樂聲而已。「邊界酒店」的窗外當然是異國，「一步即成鄉愁」。「野店」掛起一盞燈，一個朦朧的家的感覺而已。「邊陲意識」源自「浪子意識」「堡」與「店」都不是永遠的「家」。哪裡才是家，才是「中心」？

人生，逆旅。

百代，過客。

所以，處處非家。

處處非家，所以，處處家。

處處家，所以，處處有情。因而衍生出鄭愁予的「眾生意識」，
眾生皆有情。

詩人寫詩，往往以自我發聲，或是借用他人口吻以發聲，鄭愁予
卻喜歡藉已死的靈魂，無意志、舞生命的無，惜物為主角來發音，如
〈卑亞南蕃社〉：

我底妻子是樹，我也是的；

而我底妻是架很好的紡織機，松鼠的梭，紡著縹緲的雲，

在高處，她愛紡的就是那些雲。

而我，多希望我的職業

祇是敲打我懷裡的

　　小學堂的鐘，

因我已是這種年齡──

啄木鳥立在我臂上的年齡。

樹，就是詩中的主角，紡著雲的老樹只希望自己是掛在樹上的鐘
的木舌。多謙卑，多有情的人生寓義！

再如〈厝骨塔〉則以「幽靈」的身分看其後代，「幽靈們默扶著
小拱窗瀏覽野寺的風光」、「我和我的戰伴也在著，擠在眾多的安息者
之間」。〈生命中的小立〉最後以「我底靈魂撫著我底墓碑小立」。

為眾生寫詩，以眾生為主角而發音，都是有情人生的表徵。一般

心靈普遍認為自己只是芸芸眾生之一，不能掌控任何事物，處在邊陲地帶，不能引起任何人的注意，因而，生活也如轉蓬縹渺，雖有情卻無能改變、改善。這樣的人生是大部分人的心靈寫照。鄭愁予的詩大抵掌握了這三種意識，以不凡的情采表達了普遍共通的心聲，所以「情采鄭愁予」為眾生所共喜，為流浪的心靈視為知音。

——選自《國文天地》13卷1期（1997年6月）

鄭愁予〈錯誤〉的傳統訊契

林綠

　　〈錯誤〉是鄭愁予早期的一首現代詩，十分膾炙人口，收入一九六一年一月出版的《六十年代詩選》中[1]，則創作時間，應是民國四十多年。由於這是早期的現代詩，故用字遣詞、意象塑造，乃至氣氛經營，不免較接近五四時期的白話詩風格。這首詩的前兩行題詞起句：「我打江南走過」，正文中的「你底心如小小的寂寞的城」、「你底心是小小的窗扉緊掩」，此類句型，五四時期的新詩在所多有，如戴望舒「我底心兒和殘葉一樣⋯⋯我將我殘葉底生命還你」[2]，「你徘徊到我底窗邊，尋不到昔日的芬芳⋯⋯」[3]。民國四十多年的現代詩人，好用此種語調者頗多，譬如黃用〈偶然的靜立〉：「若是在威尼斯／我會尋到，你底窗／飄著些釣絲的理由」[4]，以及葉珊（楊牧）〈水之湄〉：「我已在這兒坐了四個下午了／沒有人打這兒走過——別談足音了」[5]。

　　鄭愁予的這首名作，除了繼承白話文學的流風之外，其實也含蘊了中國古典詩的精神，其意境可謂中國文化的承傳，雖是「現代」

1　瘂弦、張默：《六十年代詩選》（高雄市：大業書局，1960 年），頁 206。
2　瘂弦編：《戴望舒卷》（臺北市：洪範書局，1977 年），頁 31。
3　同前，頁 32。
4　《六十年代詩選》，頁 131。
5　《六十年代詩選》，頁 147。

詩,卻是十分傳統的,這首詩收入高中課本,十多歲的新新人類,恐
怕不十分了然,遑論共鳴了。也許一般讀者喜吟誦:「我達達的馬蹄
是美麗的錯誤……」,「馬蹄」正是屬於古典的想像,十分不現代,至
於「歸人」、「過客」,也是屬於傳統的「閨怨」訊契,更非後現代人
類態能感動或接受的母題。新新人類的現象是前衛、顛覆、反叛、享
樂……,「閨怨」對他們而言,是已失落的題材,不存在後現代生活
中。

　　〈錯誤〉可視為用白話文書寫的古典詩,母題是唐詩宋詞常見的
是唐詩宋詞常見的「春怨」、「春息」、「春詞」,詩中的人物自然是女
性,或男性幫女性說話,是為「女性化身」(Female Personae)。等待
「歸人」的詩,例子很多,李白的五言絕句〈玉階怨〉:

　　　玉階生白露,夜久侵羅襪;
　　　卻下水品簾,玲瓏望秋月。

此種夜涼如水,寒露滋生的漫漫長夜等待「歸人」的怨意,詩中不著
一字,讀者自可體會。另王昌齡之〈閨怨〉:

　　　閨中少婦不知愁,春日凝粧上翠樓;
　　　忽見陌頭楊柳色,悔教夫婿覓封侯。

詩中人從象徵青春的楊柳色中,領悟到時光的流逝及無情,從不知愁
到因「春」而知愁,等這夫婿榮歸恐怕已等很久了。古代婦女的命
運,就在此種「等待」中度過了。唐代另一詩人李益曾為女性不平:
「嫁得瞿塘妾,朝朝誤妾期;早知潮有信,嫁與弄潮兒」(〈江南
曲〉)。李白的〈春思〉,更有直截了當的怨氣:「當君懷歸日,是妾斷
腸時」!

　　〈錯誤〉一詩中的許多古典詩原型,如「東風」、「馬聲」等,宋

詞中亦多見。牛嶠〈望江怨〉：東風急，惜別花時手頻執，羅幃愁復入。馬嘶殘雨春蕪濕，倚馬立。寄語薄情郎，粉香和淚泣」，又如毛熙震〈清平樂〉：「春光欲暮，寂寞閒庭戶……正是銷魂時節，東風滿樹花飛」。王安石〈傷春怨〉：「雨打江南樹，一夜花開無數……把酒祝東風，且莫恁匆匆去」。張先〈相思令〉：

> 蘋滿溪，柳遠隄，相送行人溪水西，歸時隴月低。煙霏霏，風淒淒，重倚朱門聽馬嘶，寒鷗相對飛。

以上所述，皆屬中國傳統情懷，也是一種已失落了的情懷。鄭愁予的〈錯誤〉，正隱藏了諸多此種中國文化訊契，要進入此詩的境界，時空必須拉回古代，感情、思路更是不可「現代」。所謂「訊契」，是傳達詩內容的一些「記號」，或稱語碼（Code），讀者得具備解碼的能力，就欣賞此詩而言，又得兼具古典的感情與意識，這對時下的青年而言，自是不易。

〈錯誤〉有許多「象徵訊契」（Symbolic Code）及「文化訊契」（Cultural Code）[6]，兩者都可帶出主題及意義格式。「閨怨」和「等待」，即是中國文化的一部分，此訊契可謂貫穿全詩，仔細讀之，當可發現。題詞的第二行：「那等在季節裡的容顏如蓮花的開落」，已點明「等待」的母題，而且等待很久了，蓮花的開落亦暗示時間的流逝。接著的「東風」、「柳絮」即是象徵語碼，也是文化訊契（可見諸前所引之詩詞）。「東風」象徵春天，「柳絮」也是春天才出現的，如此這般的「春思」（或「春怨」），亦即傳統女性的命運，故詩中的我似李白般發出不平之鳴，乃至同情：「跫音不響，三月的春帷不揭／你底心是小小的窗扉緊掩……」。詩中有「馬」蹄聲，與所舉之「馬

6　Robert Scholes: Structuralism in Literature. New Haven Yale U. P. 1974, 頁 154-155。

嘶」聲異曲同工，可惜不是等待的歸人，故嘆曰：「美麗的錯誤」。

　　以上簡單論述，「季節」（時間）、「蓮花開落」（時間）、「東風」及「三月」（春天）、「柳絮」（春天）、「跫音」（等待）、「馬蹄」（等待）、「你底如小小的寂寞的城」及「你底心是小小的窗扉緊掩」（閨怨），這些意象及象徵，正是中國傳統的訊契，故謂此詩是白話文的古典詩。

　　　　　　　　　——選自《國文天地》13卷1期（1997年6月）

鄭愁予〈錯誤〉、〈客來小城〉、〈情婦〉三詩中「詩原質」釋例

徐國能

一　緒言

　　奚密在《現當代詩文錄・自序》中對現代詩的處境有一段比喻：「它（現代詩）像是一個沒落的世界子弟，沒錢沒勢了，可是還背著個舊包袱，動不動就有人指指點點，說它不成材，無能繼續阻止顯赫名聲。」[1]羅青在《從徐志摩到余光中》一書中亦指出：「所謂的現代詩，漸漸變成了『難懂』、『胡扯』、『標新立異』、『高深莫測』的代名詞，走入了怪異、虛無、晦澀的死巷。」[2]而張雙英教授在〈高雅的獨白〉一文中指出現代詩有「詩行過長不易記誦」、「文詞平鋪如口語」……等六大缺失，並斷言：「現代詩乃成為少數極專業人士間彼此互相欣賞的專利，這種狀況若持續下去，說現代詩可能成為現代文壇中的『陽春白雪』，應不是沒有根據的臆測。」[3]以上三家所論，正代表了當前學者對現代詩的憂心與嘆息，而造成這樣問題的原因固然

1　奚密：《現當代詩文錄》（臺北市：聯合文學出版社，1998 年 11 月），頁 7。

2　羅青：〈論白話詩〉，《從徐志摩到余光中》（臺北市：爾雅出版社，1982 年 12 月），頁 3。

3　張雙英：〈高雅的獨白〉，《國文天地》11 卷 7 期（1995 年 12 月）。

多矣，但不可否認，迅速而大量的西化，使現代詩與傳統文化形成斷層；或過分強調個人主義，以至於忽略了情感、意象上的普遍認知，都是造成現代詩被貼上「晦澀」、「難懂」等標籤的原因。

不過在現代詩七十餘年的發展間，亦有許多通情入理、膾炙人口的作品，不僅沒有上述的負面評價，這些詩歌更開創了屬於現代的美學典範，也為現代詩的發展留下了不可磨滅的印記，如鄭愁予早期的詩作，即具有這樣的意義與價值，更重要的，其作品聯繫了古典與現代，打破了「現代」必定對立於「古典」、「向西方取經」、「橫的移植」等觀點的迷思，[4] 如楊牧曾說：「鄭愁予是中國的中國詩人，用良好的中國文字寫作，形象準確，聲籟華美，而且是絕對的現代的⋯⋯（下引〈錯誤〉為例說明）。」[5] 林綠（師大英語系教授）在〈鄭愁予〈錯誤〉的傳統契訊〉一文中說：「〈錯誤〉是鄭愁予早期的一首現代詩⋯⋯除了繼承白話文學的流風之外，其實也蘊含了中國古典詩的精神。」[6] 因此，本文乃以鄭愁予〈錯誤〉等三首具有類似背景、共通藝術手法的作品為例，以分析其「詩原質」（詳下）的內涵為手段，重新肯定此詩在藝術精神上的繼承與創造，並藉此討論現代詩在創作與討論方面有待發掘的面向，以期能解答前述現代詩所面臨的窘境，改變一般讀者對現代詩的誤解與刻板印象。

---

4 鄭明娳〈鍛接的鋼〉（第二屆現代詩學研討會）：「在新體詩的發展過程中，最大的一股力量便是反古典浪潮⋯⋯」。陳鴻森〈現代詩的傳統性〉，（《青溪》69 期（1973 年 3 月）：「於現代詩歷史，紀弦當年籌組現代派時，⋯⋯由於對現代諸運動及表現所眩感，而不避諱地倡以『橫的移植』。」

5 見鄭愁予：〈鄭愁予傳奇〉，《鄭愁予詩選集》（臺北市：志文出版社，1976 年 5 月），頁11。

6 本文見於《國文天地》13 卷 1 期（1997 年 6 月）。

二 「詩原質」的意義及運用

　　「詩原質」一觀念據奚密在〈星月爭輝〉一文中指出，最早為一九四八年林庚於〈詩的活力與新原質〉一文所指出，同時包括了形式及內容兩方面。[7]然林氏並未更深入說明「原質」的觀念，亦未利用這樣的觀念來從事文本的解讀與分析，因此奚密重新定義了這樣的觀念，她說：「它是一個意象，經過時間的累積、詩人的運作，而達到一個最豐富飽滿的意義密度和感情深度，」[8]而這個「原質」包含了三個層面，其一是：「出現與完成有賴詩人的才具，詩人獨有的敏銳感知賦予一意象以生動的情緒與豐富的內涵。往往少數天才的出現使原本已存在的意象得以提升，作出化龍點睛的貢獻。」其二是：「除了個人才具，『詩原質』需要經過時間的沉澱」；其三是：「『詩原質』所包含的深層意義是它和社會文化背景之間的有機關係。」[9]由此說我們可以推測，若我們分析一首詩的「原質」，則不僅可以發掘此詩受到傳統影響的痕跡，同時亦可在這痕跡之外，領略詩人的創見與天才，更可以透視整個當代的文化活動情形，舉凡優秀的作品，其「原質」也大都有這樣的特性，如「人有悲歡離合，月有陰晴圓缺，此事古難全。但願人長久，千里共嬋娟」，詩中除了接收了之前對於「月原質」的累積，如時、空超越與聯繫等，更將世事起伏的感慨加諸其中，使自然與人世更緊密的結合，也使後人興起見月即興這種感慨。而失敗的作品，其「原質」多半單調乏味，或是過於標新立異如楊牧在〈唐詩舉例〉一文中評張旭的〈桃花溪〉為「眾芳中的一株莠

7　奚密：《現當代詩文錄》（臺北市：聯合文學出版社，1998 年 11 月），頁 44。

8　同前註，頁 46。

9　同前註，頁 46。

草」，即是以為此詩在「問津」、「避世」的題材上無法推陳出新，無法「變奏」與進一步的「詮釋」；[10]另楊昌年師在《現代詩的創作與欣賞》一書中指出現代詩的部分弊病有「陳舊」、「艱澀」之類，前者屬於「原質」的無法在創新，後者則偏向「原質」的疏離，都是有問題的。[11]

因此，對「原質」探究，正避免了創作過程嚴重個人主義的傾向，以及評論過程過度機械化地推衍文學的演進。同時它所涉及的層面，更是將讀者經驗也包括其中，因此它不但是與時代互動的，亦是與讀者一起成長、經驗的。

而我們將這個觀念運用在文學上，本是極具意義的，尤其是對現代文學的研究而言，它強調與傳統的對話性質，正否定了某些人以為現代文學必定反叛傳統、完全西化的誤解，而重視「原質」本身內涵具有的成長性，更推翻了一味貴古賤今的論調，進而肯定現代文學對於整個中國文學傳統的發皇是多麼莊嚴與重大。因此本文乃欲以分析鄭愁予這三首詩的「原質」，一方面尋找其在傳統上的繼承，另一方面則試圖發現詩人的天才對於某些「原質」內涵的擴充。而這樣的分析又可從兩方面進行，一是藉由詩中所運用的字詞意象，即表層結構的分析，一是藉由詩中的主題，即深層結構的分析，希望這樣的過程能更精準、更實際地確認鄭詩的藝術價值。

三　鄭愁予詩中表層的原質

以語言學的觀點來看，語言乃分為「選擇」與「組合」兩軸，

---

10 呂正惠：《唐詩論文選集》（臺北市：長安出版社，1985 年），頁 101。

11 楊昌年：《現代詩的創作與欣賞》（臺北市：文史哲出版社，1991 年 9 月），頁 115-124。

「選擇」軸所包括的是同質的字詞，而「組合」軸則是將不同質的字詞排列成為句子，而所謂的詩，則是「將選擇軸上的對等原理加諸於組合軸上，『對等』於是被提升為組合語串的法則」，[12]如「雨中黃葉樹，燈下白頭人」本質類近，為「選擇」軸上的關係，但以其對等關係來形成其組合的意義時，則造成了詩意的聯想。在新詩中的表現亦是如此，如〈錯誤〉一詩：「我打江南走過／那等在季節裡的容顏如蓮花般的開落」在時間上是同時的，但並列之下，則顯出同時不同境的況味，而詩末「我不是歸人，是個過客」，其中「歸」、「過」同為動詞轉化的形容詞，「人」、「客」則具為「人」，兩者並列，亦產生了張力與聯想。而本文首先要去探討的，便是分析這些因並置而形成詩意的字詞，探究其「原質」究竟為何，為什麼能夠在並置的情況下，激發出詩的美感與情緒。

　　鄭愁予〈錯誤〉、〈客來小城〉、〈情婦〉這三首作品（見附錄）作於一九五四年到四十六年間，[13]雖不是同時之作，其中卻有相當的之處，這三首詩都呈現了瞬間強烈的戲劇性，而朦朧的故事背景，都是一座「小城」，在〈錯誤〉與〈情婦〉兩詩中，這小城都是「青石」所築，如在〈錯誤〉中有「恰若青石的街道向晚」，〈情婦〉中有「在一青石的小城」的詩句，〈客來小城〉一詩中也有「在石橋下打著結子」，所以「石」構成了這三詩的共同特色，此外，在〈客來小城〉與〈情婦〉一詩中的季節都是春天，都有「三月」的字詞在其中。而這三首詩中，所顯露出的氣氛亦是寂靜的，〈客來小城〉中有「巷閭寂靜」、〈錯誤〉中有「跫音不響」、〈情婦〉中有「透一點長空的寂寥進來」等句，故這三首詩無論在時間、空間或是氛圍上，都有一致之

---

12 見古添洪：《記號詩學》（臺北市：東大圖書公司，1984 年 7 月），頁 100。

13 年代參考《鄭愁予詩選集》。

處，故應可視為一種「系列」之作，故本文期以「系列」來論某些意象的「原質」，以避免單一作品陷於孤立、封閉的處境。以下即針對此「系列」出現的重要意象進形「原質」的分析，包括了：三月、江南、蓮花、小城、青石、馬蹄、菊。

（一）三月

「三月」春的代稱，尤其是江南一片繁華燦爛春景的代稱，早在王羲之〈蘭亭集序〉中便有「天朗氣清，惠風和暢」的形容，在丘遲的〈與陳伯之書〉中更有「暮春三月，江南草長，雜花生樹，群鶯亂舞」的生動景象描寫，在〈客來小城〉與〈錯誤〉兩詩中，「三月」一詞各出現兩次，頻率頗高，但在〈客來小城〉中，「三月」一詞以擬人的手法成為主詞，如「三月臨幸這小城」、「三月的綠色如流水」，而〈錯誤〉中「三月的柳絮不飛」、「三月的窗帷不揭」則是以「三月」為春的借代，用以形容「柳絮」與「窗幃」。不過無論是何者，明顯都是春的代稱詞。

在古典詩中，「三月」本身即有與楊柳、綠色相聯的意象，如唐詩中有「柳色迎三月」、「綠楊三月時」等詩句，在我國溫帶氣候裡，楊柳轉青正是春日來臨的象徵，代表著寒冬已去，暖春來臨，因此「三月的柳絮不飛」一句中，將綠柳與春日結合實是反映了相當實際的文化現象，因此鄭詩中亦將柳與三月並用，實是表現我國特有之文化。但鄭愁予並不以此為滿足，一方面，他更進一步將柳色青青擴展為同質的「綠」，並用「流水」來形容這片綠的輕盈、柔軟與溫和明淨，故云：「三月的綠色如流水」，但我們也絕對不要以為這是作者突發奇想的創舉，事實上，前述的〈蘭亭集序〉即是有「又有清流激湍，映帶左右，引以為流觴曲水……」的文句，唐代更有「三月三日天氣新，長安水邊多麗人」的佳句，宋代蘇東坡的春景也離不開水

邊，有「春江水暖鴨先知」、「正是河豚欲上時」等詩句，因此無論是隱逸的高士、驕奢的貴族或是饕餮詞客，春日三月的目光都是離不開水邊的，這也無怪我們看見詩人巧妙地把「三月」、「綠」、「流水」三個意象結合在一起時，我們會覺得那麼自然，那麼平易，因為我們的心中和詩人一樣，早已有了這樣的一幅圖畫。而這一個清新可愛的畫面沒由來地來到人間，就像是天賜的一般，而詩人基於這樣的美，便將它形容為一君王或神蹟般地「臨幸這小城」，一方面顯出城之卑微，另一方面更顯出自然之無私，這樣又使「三月」染上了一層人的色彩，不僅只是簡單的季節或美麗的景色而已，而是具有豐富的人文氣息的。

因此在〈客來小城〉與〈錯誤〉兩詩中，「三月」的原質是由：春天→青柳→綠意→流水般地→君王或神恩等逐漸形成，其中不但反映了我國氣候植被的特殊，同時也貫穿了我國傳統文化對於此一意象的建構，更展現了詩人天才的熔鑄力與聯想力，末用「臨幸」一語則更提升了「三月」一意象的地位，豐富了它的「原質」。

（二）江南

「江南」一詞僅出現在〈錯誤〉一詩的首句：「我打江南走過」（雖然〈客來小城〉一詩中頗多景象亦為江南之景，但未實際出現此詞，故暫不討論），而「江南」一詞在中國文學中始終維持著美麗的形象，漢樂府即有「江南可採蓮，蓮葉何田田」的詩句，此後「江南」與「蓮」即有密切的關係，如梁蘭文帝的樂府詩〈江南弄〉即包括了〈採蓮曲〉一曲，[14]與其同時的劉效威有「金槳木蘭船，戲採江南蓮」、吳均有「江南當下清……荷香帶遠風」的詩句，到了唐代，

---

14 見《樂府詩集》卷五十，「清商曲調」七。

李白有「若耶溪旁採蓮女」(若耶溪在越,當屬江南)、王勃有「江南採蓮今已暮」[15]的詩句,都明顯地把江南與蓮緊密的結合在一起,當然這也是中國氣候、水文與植物的特殊環境下的特殊產物。

　　除此之外,南朝以降,我國經濟重心逐漸南移,江南又是商賈行旅往來頻繁之處,因此遊人思婦,亦成為文人筆下所描繪的江南一景,如唐代樂府〈行路難〉有:「一朝卻作江南客」、〈敕勒歌〉有:「卻笑江南客」等,[16]另張籍有「金陵向西賈客多」之句,白居易〈琵琶行〉亦是以此背景寫作而成,故有「……前月浮梁買茶去,去來江口守空船……」的描寫,而韋莊的〈菩薩蠻〉中亦有「遊人只合江南老」的感嘆,晏幾道有「行盡江南,不與離人遇」(〈蝶戀花〉)的遊子悲吟。而鄭愁予〈錯誤〉一詩即以「我打江南走過」全詩的起首,並且在末尾寫出其「過客」的身分,顯然即是「江南客」的繼承,並且襯以江南三月熱鬧豐富之美景,則更顯遊子他鄉的落寞之情,因此鄭愁予此詩在布景上、人物上,是絕對「中國」的,三月的江南,江南的遊子,遊子目中的綠柳、心中的蓮花,都是我國所特有的產物,也是我國歷來詩詞中所累積出的美感意識,愁予在這樣的意識中抒情寫景,無怪乎有人稱其「保留宋詞元曲中的優美餘韻,讀者對於古典之美的眷懷,不得不經由鄭愁予的詩作獲得滿足。」[17]

(三)蓮花

　　如上節所述,在我國傳統文學中,「蓮花」與「江南」有密不可分的關係,而愁予〈錯誤〉一詩中描寫「那等在季節裡的容顏如蓮花般的開落」,楊牧在〈鄭愁予傳奇〉中釋此句云:「季節漫長,等候亦

---

15 以上引詩,出處同前註。

16 二詩分見《全唐詩》二十五卷、二十九卷。

17 見〈情采鄭愁予〉,《國文天地》13 卷 1 期 (1997 年 6 月)。

漫長，蓮花的開落日復一日，時間在流淌，無聲的，悠遠的……」，然中國傳統詩中以植物榮謝來暗寫時間遞嬗並不僅只用蓮花，如「枯桑知天風」、「斷無消息石榴紅」、「春草明年綠、王孫歸不歸」等是，描寫寂寞亦少用蓮，如「忽見陌頭楊柳色，悔教夫婿覓封侯」、「寂寞宮庭春欲晚，梨花滿地不開門」等是，而鄭詩為何選用「蓮花」呢？

其實鄭詩所要刻意描寫的不僅是時間與寂寞，更是帶起流裡的美人，而「蓮花」，即「芙蓉」，一直以來，都是美人的象徵，在「涉江采芙蓉」詩裡，所懸念的便是遠方的「美人」，〈洛神賦〉中有「灼若芙蓉之出淥波」，梁元帝〈採蓮曲〉有「蓮花亂臉色」之句、何遜〈看伏郎新婚〉有「霧夕蓮出水」，白居易的名句「芙蓉如面柳如眉」更奠定了「芙蓉—美人」之間的對應關係，因此在鄭愁予詩中，「蓮花」的原質乃包括了傳統文學中「芙蓉」所象徵的美貌，以及以植物榮謝表現時間流逝的手法，作者刻意安排兩者的交互運用，則顯示出了「等待」、「虛友」、「寂寥」的感受，在古典言之是「美人暮遲」，也正如〈情婦〉一詩所言：「我想，寂寥與等待，對婦人是好的」。而這也是此系列的詩篇所共同具有的意識。因此在此詩中，「蓮花」的原質乃超越古典，更為豐富，並有效地與上下詩句銜接，完成一組以生動古典情懷為基礎的意象。

（四）小城

「小城」是這三首詩的共同背景，〈客來小城〉在題目上已寫明其「小城」的地點，且在詩中云：「三月臨幸這小城……客來小城／巷閭寂靜……」；〈錯誤〉一詩亦有：「你底心如小小的寂寞的城」之句；〈情婦〉詩中有：「在一青石的小城／住著我的情婦」，顯然，鄭愁予以為「小城」擁有某種氣質與氛圍，某種足以表現其詩境的特殊味道。然而我們卻訝異地發現，在我國文學的長河裡，對於「小城」

的描寫並不多見,甚至是空白的。

我國的詩裡有帝闕、有江村、有田野、也有商阜與關隘,更有說不盡的名勝古蹟,獨獨「小城」這樣介於大都與鄉野間的人為聚落,咸少為詩人所描寫,余秋雨在〈江南小鎮〉一文中對這樣的小城有諸多的描寫,顯然這樣的聚落形式在中國並不是沒有,反而是很多,余先生「閉眼就能想見」,但我們「閉眼就能想見」的詩句,大概僅有杜甫〈潼關吏〉:「大城鐵不如,小城萬丈餘」,他如「萋芋小城路」(樂府〈黃曇子歌〉)、「天清小城擣練急」(杜甫〈秋風〉)等,在我國文學中是不常見的。

在這裡,鄭愁予大膽地使用了一個為眾人所熟知,但卻不為文人所青睞的詞彙,並賦予它新鮮的深度意象,這意象是結合了春季的江南,有流水石橋、有柳絮與青石的街道,並且有著思婦遊子,有著許多該發生的故事……而這一切,對我們而言是絕對不陌生的,因為這一切都是來自於我們集體的文化與生活,是最平凡不過的事物,只是以往的文人墨客未曾注意,於是在鄭愁予的筆下反而新鮮,故我們可以說,鄭愁予這一系列的詩作,為「小城」這一意象,灌注了大量而鮮明的原質,使我們因此而對「小城」有了更多文學性的想像,這也正是前文所云:「少數天才的出現,使原本已存在的意象得以提升,作出化龍點睛的貢獻。」

(五)青石

「青石」出現在〈錯誤〉與〈情婦〉兩詩,前指街道,後指小城,而在〈客來小城〉中亦有「石橋」的相關描述,顯然「青石」也是這一系列作品所共同具有的意象,而「青石」之於江南小城應是不會陌生的,余秋雨〈江南小鎮〉一文中屢次提到「雕刻精緻的石橋」、「石階的埠頭」、「自己的鞋踏在街石上清空的聲音」、「花崗石鑿

刻的楹聯」等，因此鄭愁予在詩中作這樣的場景設計，乃是基於現實的中國文化背景所建構出的，[18]而不是憑空想像或採取西方經驗觀點，不過在傳統文學中，對於「青石」的描寫不多，且鮮少著眼於「城」與「街道」，如唐蜀太后徐氏〈玄都觀〉：「瀑布併春青石裂」、杜甫〈中承嚴公雨中垂寄見憶一絕奉答二絕〉：「白沙青石洗無泥」等，[19]皆是與水流有關的描寫，是屬於自然的一環，用以建城的只有「瞿塘石城草蕭瑟」之語，但愁予此處將這個早已進入人文世界的「青石」在詩中反覆呈現，並且定型為「小城」的基本建材，其所創造的，是傳統文學中較無意去描寫的一個文化景觀，而鄭詩中幽靜、質樸、寂寞的質地，也自然成為「青石」這一物的「原質」，因此我們可以說，鄭愁予這一系列的描寫，乃是基於實際的文化，將「青石」這一詞彙的原質作了極大的擴充，不僅使其脫離原始的自然世界，進入我們所熟悉的人文世界，並賦予它更多的感覺與聯想，使我們只要想到「青石」，腦海中便會浮現出質樸小城那種幽靜、安詳與淡淡寂寥。當然，這樣的擴充我們並不覺得突兀，原因就在於這樣的印象並非移植或憑空而降，而是來自於我們所共有共知的文化背景，故「青石」一詞的出現，無疑使現代詩更增添了一項前所未有的「原質」。

---

18 據 A. Boyd 著，謝聰敏・宋肅懿所編譯之《中國古建築與都市》一書載，在中國北方為黃土區，石材缺乏而多木料，故建築物多為木造，南方則不然，如蘇州，其馬路全以石塊鋪成（頁63）；杭州，城牆外層鋪以石灰石，街道路面被鋪以石或磚（頁63），馬路中間填滿碎石（頁68），橋梁大部分是石質的（頁68）。且無論南北，中國的橋樑多以石做。「到了漢代以後，石材就成為重要橋樑的典型建築材料」（頁198），且技術超越當時世界水平甚多。可見詩中「石城」、「石橋」是我國之固有景觀。

19 二詩分見《全唐詩》一函三冊、《杜詩詳注》卷十一。

（六）馬蹄

　　「我達達的馬蹄是美麗的錯誤」一句該是我國新詩史上最美麗的聲響之一，也是鄭愁予最為人所稱頌的句子，然在中國文學的長河中，馬蹄的意象相當豐富，寫春盡有「雪盡馬蹄輕」；寫秋獵有「秋草馬蹄輕」；寫得意有「山花趁馬蹄」；寫塞外寒苦有「胡沙賽馬蹄」、「出塞馬蹄穿」、「馬凍蹄亦裂」等；寫戰事有「白骨馬蹄下」等，除此之外，尚有一極重要的指涉，即是征人遊子的代稱，隋代大詩人薛道衡便有「一去無消息，那能惜馬蹄」的名句，唐代對於馬蹄的描寫亦不遑多讓，如劉長卿有「草色青青送馬蹄」、無名的樂府詩人有「征途未盡馬蹄盡」、「未惜馬蹄遙」等，都是以馬蹄描寫征人遊子的處境，而在鄭詩中寫「過客」、「歸人」，亦借用這手法，同時加入了聲音描述，楊牧言其「一文化傳統之約定以『達達』形容馬蹄聲，是有其特殊理由的。」[20]但並未詳細說明之，實際上，在傳統詩詞中實少見以『達達』寫馬蹄之句，狀聲如「山中行人馬蹄響」（唐樂府〈關山月〉）、「馬蹄在耳輪在眼」（唐樂府〈車遙遙〉）、「碧蹄聲碎五門橋」（唐樂府）、「夢間蹄細響」（劉長卿）等，並沒有「達達」之語。

　　而鄭愁予此用，一方面當然是承襲了傳統詩人對於馬蹄所造成聽覺上的刺激而引發了想像，另一方面，即擬聲的方面，我想恐怕不是楊牧所言，為傳統所影響，而是在詩中自創的新「原質」，而這「原質」，自當來自於馬匹奔跑於「青石道路」的清脆聲響，屬於短促而響亮的聲音，「達」在聲母上屬舌齒音，在韻母上為一開口音，正是近於響而促的，故此處的擬聲，實應視為詩中前後文意的創造，而非

---

20 見〈鄭愁予傳奇〉，《鄭愁予詩選集》，頁 19。

傳統的因襲，也正因為這樣的創造，也使「馬蹄」一詞的原質更加完
整，不僅是「在耳」、「聲碎」、「細響」等抽象的書寫，更加入了具象
的狀聲詞，讓我們一讀到「馬蹄」一詞，耳畔便響起一陣「達達」的
急馳。

（七）菊

　　「菊」在中國詩歌中有最豐沛飽滿的意象，自陶淵明以來，菊成
為隱士的代表，象徵著高潔的情志與恬淡的性格，事實上，早在晉
代，袁山松就有「春露不染色，秋霜不改條」的詩句，陶淵明「采菊
東籬下」的悠然更成為菊的重要「原質」，而唐代描寫菊的詩句更
多，以其代表秋天的有「江邊楓落菊花黃」、「頻值菊花開」、「菊垂今
秋花」；亦有代表時間流轉，光陰逝去的，如：「叢菊兩開他日淚」、
「空餘去年菊」；亦有承襲陶潛，象徵隱士高人的，如：「陶然共殘菊
花杯」、「籬東菊徑深」、「陶令門前菊」等，宋代蘇軾的「菊殘猶有傲
霜枝」，更使菊添加了凌霜傲骨之風姿，元代許有壬詩云：「酒熟同招
隱士看，饑來忍把落英餐；春風無限閑桃李，不似黃花耐歲寒」，將
「菊」與酒、隱士、落英、傲霜、時節等，全部表現在詩中，至此
「菊」的原質大致已確定，當然還包括了「籬」、「南山」、「詩」等聯
想，這些在同為元人的王翰〈題菊詩〉中一一都有展現。但鄭愁予：
「或許……而金線菊是善等待的」，將「菊」與「等待」對等並置，
實為新奇語，耐人尋味，是否為菊注入了另一種原質？
　　或許我們可以認為，「金線菊」是外來產物，非我國文化傳統中
的植物，故有此溢出傳統原質的意義，但我們不要忘了，在唐詩中，
也有「白露團珠菊散金」、「銀地無塵金菊開」等句子，把「金」與
「菊」聯繫在一起，故「金線菊」或可視為是外來產物，但未嘗不可
說是傳統「金菊」的一種延伸。而「等待」與「菊」之間的關係，在

傳統詩詞中亦是普遍的:「待到重陽日,還來就菊花」,直接將兩者作了一有機的聯繫,「明年菊花熟」、「搖蕩菊花期」亦含有等待的意味,是故我們從傳統詩歌中去尋覓作者刻意強調「菊」的用意,不難發現〈情婦〉一詩中所表現的正是等待「秋」的淒美,故其以候鳥、菊花來作為暗示,而這位季節般的情人的無情、瀟灑,也正是秋的原質之一。

故我們可以說,在〈情婦〉一詩裡,鄭愁予用了「菊」的另一層的原質,亦即拋棄了我們所熟知的「隱士」象徵,而選擇了「等待」的涵意,而使詩歌在意境上更幽緻動人,而向來這種菊的等待,是屬於文人雅士間的品味,而鄭愁予將之化入對情人的等待,則不啻是繼承「等待」原質,更是開拓這「等待」原質的內涵,使它有了新的價值,新的生命。

以上所舉諸例,乃是呈現出鄭愁予這一系列的詩作,其字詞原質有相當的部分繼承了傳統,並以其天才開拓豐富了這些字詞的原質,而這些開拓,也絕非任意而為或突發奇想乃至於標新立異,而是根植於傳統文化或共同生活,如小城意象的建立、青石原質的發掘;或是基於相關性的引申與聯想,如菊的等待轉化為對情人的等待;或是能夠由文本的內在去發現,如以「達達」描寫馬蹄。因此我們不會覺得此詩詭異懸疑,亦不覺其陳腐無聊。

四 鄭愁予詩中主題的原質

這三首詩中,〈客來小城〉所要描寫的是「尋人不遇」;〈錯誤〉是思婦與遊子的誤接;〈情婦〉一詩則是以「思婦」為主要描寫對象,而「不遇」、「思婦」與「遊子」本是中國文學傳統題材,自有其

積蓄的內涵與原質,如「不遇」尋隱者,而其不遇之餘則除了悵然外,更有心靈上的體悟;而「思婦」更是歷來詩詞中的重要主題,其對象包括了征人、利祿、遊子等,而引發其思的往往有紡織、季節、天河、植物等,因而漸漸形成了一種固定的對應關係,成為一種特有的文化符碼;「遊子」在中國詩歌裡也是常見的主題,其本身具有灑脫、孤獨、悲苦的氣質,又往往是思婦所思的對象,因此鄭愁予在此重複這幾種主題,在某些意境上是繼承了傳統題材,但在某些部分又自有開拓,使這些題材能推陳出新,原質更加豐富,以下,即就此類題材一一說明之:

(一)尋人不遇

在唐詩中,最有名的即是賈島的〈尋隱者不遇〉:「松下問童子,言師採藥去;只在此山中,雲深不知處」,王文濡評曰:「明言只在,忽云不知,正見隱者之無定跡也。」[21]另一首李商隱的〈北青蘿〉:「殘陽入西崦,茅屋訪孤僧,落葉人何在,寒雲路幾層?獨敲初夜磬,閒倚一枝藤。世界微塵裡,吾寧愛與憎?」而我們較之於愁予的詩作:

> 客來小城,巷閭寂靜
> 客來門下,銅環的輕扣如鐘
> 滿天飄飛的雲絮與一階落花……

不難發現,鄭詩與上述兩首極有名的詩作有某種程度上的相關。

當然這三首詩都是要尋訪一位人士,而這個人是始終都沒有出現的,而作者都是透過旁人的描述及客觀環境的書寫,營造出其高遠幽

---

21 引自巴壺天:《唐宋詩詞選》(臺北市:東大圖書公司,1990 年),頁 327。

邈的蹤跡,並且在詩末皆出現了一種由專注而失落的情緒,並將這種情緒寄託於外在的自然,而達到物我兩忘、渾然一體的境界,最後對人生有了某種程度的體悟。

如賈島的詩作乃是由「松」、「採藥」來寫其情之幽、其志之堅,在詩末順著小童所涉的一片雲海,幻想隱者身在其中的情境,「雲海」則成為作者本身的寄託與想望;李商隱的詩作則由「殘陽」、「茅屋」、「孤」寫此僧之蕭條景況而在尋訪不遇後,借由「落葉」、「殘雲」興起對孤僧的懷想;而鄭詩中也是在前詩一段中寫小城的幽與美,在叩門之後,同樣感受到一片迷茫,而見飄飛的雲絮與落花,則雲絮與落花成為詩中人的內心世界。

而三詩的內心世界,全有「雲」的描述,無論是「雲深」、「殘雲」、「雲絮」都是雲,而雲在文學中往往象徵著變動、飄移不定,如白雲蒼狗、浮雲遊子之類,然詩中皆出現「雲」的意象,顯然是暗示了被訪人的飄忽不定,相對於此,「山」、「落葉」、「落花」的靜與閑,既是隱者所留給訪者的,亦是訪者此刻心中所感受的,由訪動而得靜,正是這樣一個詩篇所帶來一個「悟」的過程。藉由不見訪客而達到指點訪客的目的,是中國「訪」與「不遇」主題的一個特殊的意義。「無言而化」也是「不遇」的一個基本原質。

鄭愁予〈客來小城〉一詩的美,即建築在這種氣氛及意涵之中,所以在幾個重要的用詞上,與傳統詩歌是那樣的接近,也再次讓我們感受到了這種中國式的「待客之道」是多高明的意境。特別是鄭愁予在詩末使用了「叩門」與「落花」兩個意象,兩者共用,是否是反用了杜甫「花徑不曾緣客掃,蓬門今始為君開」的詩典,以喻其主不在的事實?「叩門」自是因門扉緊掩,而門扉緊掩有「重門深鎖無處尋」、「五柳閉門高士去」的傳統對應,「落花」則更日空寂淡寞的象徵,如「澗戶寂無人,紛紛開且落」、「空院落花深」、「黎花滿地不開

門」等，尤其是有「無人」、「空院」的意涵。故此我們可說「訪人不遇」這個主題至鄭愁予重新被發掘、被擴大及深化，不僅地點由山林荒野搬入了小城，同時整個場景也由傳統的清空冷峻轉變成為暖春爛漫，但整個「悟」的過程與手法卻仍是極為傳統的，關鍵性的暗示詞彙亦不脫古典的範疇，因此鄭愁予應是在傳統原質的基礎上，再發展、再延伸的。

（二）思婦

　　漢魏以來，文士不遺餘力地在「思婦」這個主題上發展，由古詩十九首中的「青青河畔草，鬱鬱園中柳」或是民間樂府的「青青河畔草，綿綿思遠道」、曹丕的「秋風蕭瑟天氣涼」、「漫漫秋夜長，烈烈北風涼」等就可以看出此題材為文士所鍾愛的程度，唐代這樣的主題繼續發展，對象表現得更明確，也更細密，如「可憐閨裡月，常在漢家營」、「秋風吹不盡、總是玉關情」寫的是邊塞征人之思；「無端釣得金龜婿，辜負香衾事早朝」、「忽見陌頭楊柳色，悔教夫婿覓封侯」寫的是仕宦追逐下的寂寞；「嫁得瞿塘賈，朝朝誤妾期」、「去來江口守空船，遶船明月江水寒」寫的是商人逐利下的閨情；「種幃深下莫愁堂，臥後清宵細細長」寫得是青樓女子的淒清之情。無論是哪一種，大都強調閨中女子的等待之怨，但卻不直言其「怨」，而以外在環境的鋪陳暗示，表現「求之不得，寤寐思服」的感受，在鄭愁予〈錯誤〉及〈情婦〉兩詩中，同樣利用類似的表現手法來表達這類的感受。

　　在〈錯誤〉一詩中，「容顏」如「蓮花開落」已在前文敘述，代表時間的流逝，而詩中又以東風楊柳比喻，顯然也是「羌笛何須怨楊柳，春風不度玉門關」中主從關係的引接，又以「窗扉」緊掩寫等待歸人的情形，似乎亦受了「勸我早歸家，綠窗人似花」、「只當守索

竇，還掩故園扉」的影響，等待斯人不來，美好的容顏亦應掩藏於緊
扉之後。這些都是思婦主題下的原質，鄭愁予的反覆使用，的確造成
了近於陳腐的疑慮，但作者巧妙得在詩末以「錯接」的手法，使詩末
陡然掀起一波高潮，兩者隔著窗扉想像，卻不發一語，只有馬蹄急馳
而過的聲音，留下無窮的空間。但其實我們也不要忘了，思婦遊子的
相遇，正是〈琵琶行〉的原型，但鄭愁予這樣的設計，實可說是傳統
的超越，他不讓兩者見面，更沒有對話，相逢的時間也只有一剎，全
詩不過是遊子的自我幻想，表現的是瞬間的失落感，而這正是傳統詩
中所不見的，也正是愁予為為這個主題所注入的新「原質」。

　　但在另一首〈情婦〉中，其思婦則不脫離傳統詩歌「寂寥」、「等
待」的原質，但令人可喜的是作者選用了「高高的窗口」、「菊」來比
喻這這樣的情懷，「菊」已如前述，「高高的窗口」則是透進了「長空
的寂寥」，這無疑是作者的創造，雖然詩詞中也有「孤帆遠影碧空
盡」、「碧雲天、黃葉地」、「青天無片雲」等，但都非透過「窗口」所
見，故此愁予乃將「窗」、「天空」、「寂寥」重新作了一種秩序的安排
組合，[22]並配合「藍色」、「候鳥」，形成「思婦」詩中「寂寥」的新來
源與新意象，故鄭愁予雖重複使用了思婦傳統原質的「寂寥」，但卻
以新的視野來建構它，這種新視野，正改變了傳統思婦處在金轉深閨
憂愁寂寞的形象，而賦予了她較多的現代感與現實感。

（三）遊子

　　中國的詩人向來有「遊子」的意識，同時包含著：冷落、思鄉、
灑脫、薄情、孤獨等多重的意涵，早至屈原，其行吟江畔便飽含遊子
之悲與思鄉之情，漢樂府「兄弟兩三人，流宕在他縣」也是遊子生涯

---

22 鄭愁予對於「天窗」另有一系列的建構，不為本文所論，在此略過。

悲苦自抒，曹植「鬥雞東郊道，走馬長揪間」寫的是放蕩的生活，杜甫「裘馬頗清狂」亦是類似的豪情。而「十年一覺揚州夢，贏得青樓薄倖名」則是薄情的典型，「騎馬倚斜橋，滿樓江袖招」則是歡情的生涯，「一簑煙雨任憑生」是蕭瑟的淒清，「每逢佳節倍思親」、「君問歸期未有期」是對新人的思念。

鄭愁予被詩人評家稱為「浪子」[23]，其詩作中顯示出的「浪子意識」頗為豐富，[24]可稱得上是中國「遊子」題材上的一大躍進，在〈錯誤〉與〈情婦〉兩詩中，亦包括了這樣的主題意識。

在〈錯誤〉一詩中，作者所安排的是「江南遊子」的身分，與詩中的女主角有「同是天涯淪落人」的感嘆，並且是騎馬的，這也是傳統遊子的形象，如「陳孔驕赭白，陸郎乘斑騅。徘徊射堂頭，望門不欲歸」[25]、「浮雲遊子意，落日故人情，揮手自茲去，蕭蕭班馬鳴」、「馬上相逢無紙筆，憑君傳語報平安」等，並因為遊子騎馬的共同形象、聲音，喚起了閨中人的錯覺，進而造成了幻想期待落空的「美麗錯誤」，故其遊子形象是屬於較傳統的、較模糊的，但在〈錯誤〉中，遊子的原質雖然並沒有增長，但與思婦相接而造成效果，卻是十分新鮮的，尤其全詩以遊子主觀的立場來寫，以遊子之眼看思婦之悲，的確是十分新奇特別的視野。

但在〈情婦〉一詩，所表現的則是「薄情」、「自私」的形象，從「我什麼也不留給她」、「我想，寂寥與等待，對婦人是好的」、「因我不是常常回家的那種人」等句中可見。而作者的觀點是以主觀的方式

---

23 如孟樊：〈浪子意識的變奏〉，《文訊》30 期（1987 年 6 月）：「的確，鄭愁予堪稱為浪子詩人」。

24 同上注，孟樊統計《鄭愁予詩選集》中與「流浪或遊子情緒」的詩有三十七首，佔三分之一弱，若「將兼具流浪意味而含有『時間流逝感』的詩算入的話……恐怕佔該選集的一半以上。」

25 「神絃歌」〈明下童曲〉，《樂府詩集》卷四十七。

自己道出自己這樣冷漠自私的心態，甚至還有為此得意之情，顯然這是在傳統詩歌中所見不到的，不過這種形象在傳統詩中也不是沒有，只是沒有如此直接的表現如此。故此鄭愁予〈情婦〉一詩，將遊子（或浪子）的形象極端化，發揮出了冷漠無情的一面，並以季節、候鳥自況，亦帶著難以捉摸、飄移不定的色彩，而這種自比，實際上也是從「群雁辭歸燕南翔」引起愁婦之思的詩句中脫化而來，但「季節」之喻，則實屬創新，這種創新，亦不是突發奇想的，而是如前所述，由「菊」→「等待」→「季節」這樣的過程而來，故我們說鄭愁予是根植於傳統原質的中國詩人，但他也為滋養他的原質做出了深刻的反饋與再創造。

五　總論

現代詩的發展與形成自有其歷史的原因影響著，新詩的誕生是伴隨著文學革命的風潮，而在此時胡適所提出的「文學改良芻議」中「不摹仿古人」、「務去濫調套語」、「不用典」等，或如陳獨秀「三大主義」中的「推倒陳腐鋪張的古典文學」等，都將新文學與古典文學放在對立的位置，似乎兩者絕不相容，政府遷臺以後，反共文學的倡行、古典文學對於現代文學的輕視、及鄉土文學的排斥，[26]這些情形，不僅壓抑了現代詩的成長，也埋下了現代詩反叛古典、揚棄傳統的因子，後來又有紀弦提出「橫的移植」之說，雖然招致了許多的撻伐，但這樣的主張仍反映出詩人欲將「現代詩」與古典傳統的血緣切斷，建立新興的文學國度的企圖。在這些環境下，現代詩的確受到了

---

26 參見奚密《現當代詩文錄》，頁156，作者以為臺灣戰後的現代詩面臨著這三方面的困難，表現在大學課程對現代詩的排斥、文人或教授對詩或詩意狹隘僵化的定義以及對現代詩譏諷攻詰……等。

某種程度的影響，在創作上也有部分的詩歌走入了極端西化、自我與封閉的世界，造成了作者與讀者分隔，現代與傳統疏離，「新詩除了在詩刊，便無處發表的窘境」。[27]

不過我們若將現代詩放在一個整體置長河中去觀察，那麼現代詩當然也是完整中國文學的一部分，是不能自外於中國文學的，就像宋詞元曲在形式上、精神上、語言上等各方面，都與《詩經》、《楚辭》相去甚遠，但兩都是中國文學不可或缺的一個部分，並不能因此而分離。現代詩亦是如此，但若只是一味地摹擬傳統文學，則不僅走回西晉擬樂府或明代前後七子排斥創造力的老路，同時更喪失了現代詩的時代性與其本身體系的獨立性。因此，要如何承襲而不摹擬、創新而不揚棄，實是考驗著當代詩人的智慧。

而我們從鄭愁予的詩作中可以感受到，詩中的意象、境界與表現方式，都是極具中國性的，也正可以說是鄭愁予在傳統的「詩原質」中找尋塑材，但他又不為這些塑材所囿，而加入了許多自我創造的部分，使他的詩能夠再造這些原質，提升這些原質。而這些創造，則是使他的詩作不致流於晦澀、難解或費人疑猜的失敗之境，也不至於掉入陳腐、因襲、毫無新意的窘境，並且充分表現出這塊土地所屬的文化。故我們也可以斷言，鄭愁予所塑造、所提煉出的原質，勢必繼續在中國詩歌中發酵，成為整體詩原質的一個部分。

對於鄭愁予的討論，在之前的評論家已有了相當的深度與廣度，也大致得到了：「中國的中國詩人」[28]、「化古典於現代鳥躇痕跡」[29]、「既能接受西方現代文學的洗禮，又繼承了中國古典文學的優良傳

27 羅青：《詩的風向球》（臺北市：爾雅出版社，1994 年 8 月），頁 151。

28 楊牧：〈鄭愁予傳奇〉，《鄭愁予詩選集》，頁 1。

29 鄭明娳：〈鍛接的剛——論現代詩中古典塑材的運作〉，第二屆現代詩學研討會。

統」[30]、「此詩（錯誤）是白話文的古典詩」[31]、「他的詩是很『中國化』的『現代詩』（不同於囿於古典未能鎔鑄新美的）」[32]這樣的結論，但並未更深入地去挖掘造成這樣現象的原因，更細密地探索現代與傳統相連的脈絡，而我們透過詩原質的分析，或許更能掌握鄭愁予詩中用詞造境的內涵，以及這內涵的傳統意義與現代價值。

故本文所要去嘗試的，也正是希望能以這樣的方法，對每一首現代詩作品做一次完全的探究，以一個更宏觀的角度，去討論詩中每一字每一詞的深刻內涵，討論每一個意象在整體文學脈絡中的形成轉變，每一種風格在歷史上的座標義意……使詩歌的評析不致流於私人的臆測與想像，而真正能對每個時代、每個作者，做出誠懇建言與恰如其分的讚嘆。

---

30 沈謙：〈從何其芳到鄭愁予〉，〈中國現代文學理論季刊〉1 期。

31 林綠：〈鄭愁予〈錯誤〉的傳統訊契〉，《國文天地》13 卷 1 期（1997 年 6 月）。

32 楊昌年：《現代詩的創作與欣賞》，頁 332。

參考文獻（依作者姓氏筆畫排列）

一　書籍

〔清〕清聖祖敕編　《全唐詩》　上海市　上海古籍出版社　1996年10月

仇兆鰲　《杜詩詳注》　臺北市　里仁書局　1980年7月

皮述民等　《廿世紀中國新文學史》　臺北縣　駱駝出版社　1997年8月

古添洪　《記號詩學》　臺北　東大圖書公司　1984年7月

司馬長風　《中國新文學史》　臺北縣　駱駝出版社　1987年8月

孟　樊　《當代臺灣新詩理論》　臺北市　揚智文化　1995年6月

林鍾隆　《現代詩解說和評論》　臺北市　現代潮出版社　1972年1月

奚　密　《現當代詩文錄》　臺北市　聯合文學　1998年11月

黃永武　《中國詩學‧思想篇》　臺北市　巨流圖書公司　1991年5月

楊昌年　《現代詩的創作與欣賞》　臺北市　文史哲出版社　1991年9月

逯欽立　《先秦漢魏晉南北朝詩》　臺北市　木鐸出版社　1988年7月

郭茂倩　《樂府詩集》　臺北市　中華書局　1990年12月

陳義芝　《不盡長江滾滾檢》　臺北市　臺灣師大人文教育研究中心　1994年8月

蕭　蕭　《現代詩學》　臺北市　東大出版社　1987年4月

鄭愁予　《鄭愁予詩選集》　臺北市　志文出版社　1987年5月

鄭愁予　《鄭愁予詩集（一）》　臺北市　洪範書店　1984年6月

羅　青　《從徐志摩到余光中》　臺北市　爾雅出版社　1978年12月

二 期刊論文

余光中　〈中國新詩與現代詩的比較〉　《中國文化月刊》　20期
　　1981年6月

孟　樊　〈浪子意識的變奏──讀鄭愁予的詩〉　《文訊》　30期
　　1987年6月

沈　謙　〈從何其芳到鄭愁予──比較評析「花環」與「錯誤」〉
　　《中國現代文學理論》　1期　1996年3月

林　綠　〈鄭愁予「錯誤」的傳統訊契〉　《國文天地》　13卷1期
　　1997年6月

張　健　〈中國古典詩與現代詩的比較〉　《中外文學》　5卷11期
　　1977年4月

張雙英　〈高雅的讀白〉　《國文天地》　11卷7期　1995年12月

楊昌年　〈承祧與創新〉　《古典文學》　10期　1988年12月

楊鴻銘　〈鄭愁予「錯誤」評析〉　《國文天地》　12卷8期　1997
　　年1月

陳鴻森　〈現代詩的傳統性〉　《青溪》　69期　1973年3月
　　〈現代詩的傳統與傳統詩──訪張夢機教授〉　《文藝月刊》
　　173期　1983年11月

蕭　蕭　〈情采鄭愁予〉　《國文天地》　13卷1期　1997年6月
〈鄭愁予夢土上評析〉　《中國現代文學理論》　8期　1997年12月

鄭明娳　〈鍛接的鋼──論現代詩中古典塑材的運用〉　《文訊》
　　25期　1986年8月

──選自《思辨集──第六屆臺灣師大國文所研究生學術論文集》
第三集（1999年12月）

〈錯誤〉的誤讀及其他

陳大為

一

　　鄭愁予的〈錯誤〉是現代詩史上，率先被經典化的一首名著。歷來對它的評析文章也不少，尤其成為教科書的選文之後。可是此詩的「詩序」部分常遭誤讀，對事件的時空背景也沒有明確或準確的描述。本文從深入淺出的教學角度出發，捨棄艱澀的理論，對全詩作細部的解說，並導正過去的詮釋偏差。最後，本文將透過現代詩的內部問題，略談〈錯誤〉的傳世因素。

二

　　毫無疑問，〈錯誤〉是一首融合古典於現代的閨怨詩，它既有古典的意象與情境，但語言手法的表現卻是現代的。我們都知道：閨怨詩在中國傳統詩詞裡佔了很重要的部分，雖然作者大多是男性，但他們通常都以女性的口吻，來表達對遠征的丈夫或遠行的情人的一番思念。但此詩卻用「我」這位過客的男性觀點來敘述，打破固有的閨怨詩書寫方式。由於這個敘事觀點造成的距離，不但使得思婦的內心情感多了幾分朦朧和含蓄，還擴大了此詩的想像空間。這首詩雖短，但它的優點在能寓情於景，達達的馬蹄走過的每一處都是意象和隱喻。

　　畢竟「閨怨」是一個失落在古典文學中的主題，在現代社會的生活情境裡並不常見，如果將這首詩置於現代社會的生活情境當中，會顯得十分突兀。為了更準確地感受作者創作此詩的心境，並導向一個最完美的詮釋方向，我們不妨把時空背景置入烽煙四起的中日抗戰時期，讓思婦與歸人之間的聚散，增加一重無法主控的外在因素，令思念更漫長而且茫然。

　　選擇這個時空作為詮釋背景，有內緣及外緣的因素考量。內緣因素即如前文所述，一個兵荒馬亂的大時代背景，方能強化閨怨詩的情感深度，以及充塞全詩的茫然氛圍。外緣因素則是作者現身說法所導引出來的詮釋方向。

　　一九八六年八月三十日，鄭愁予在臺北耕莘文教院演講，親自解說〈錯誤〉一詩的寫作背景。在中日抗戰的時候，他和母親跟隨擔任國民軍軍官的父親到前線去，因為戰地不斷轉移，他們也不斷遷居，從江南到江北，又從江北到江南，鄭愁予的母親每天都盼望著父親的歸來，也許倚門，也許倚窗。這個生活中體悟最深的情境，後來便成為〈錯誤〉一詩的摹寫對象。

　　但我們不宜對號入座，將鄭母置入思婦的角色裡，那會侷限了此詩的詮釋空間。我們不妨將鄭母的望夫心理視為本詩寫作的原始素材，但進入構詩過程中，鄭愁予改變了也豐富了此詩的事件內容，適度轉化了原來的意圖和感觸。但他原來的動機／感觸即是不容忽視的元素，是一個重要的詮釋憑藉。所以我們選擇最佳的位置，將時空背景還原到原點，抽出鄭母的角色，進入一個經過鄭愁予拓寬、深化的思婦世界。

三

　　這首詩的閨怨詩是隱而不發的，所有隱喻在景物中的思盼之情，有待那達達的馬蹄將它一一牽引出來。

　　眾所周知，此詩的第一節降低兩格，表示它是「詩序」，在暗示這一則錯誤的因由。使用「我」的敘事觀點，更能讓讀者置身其中，同時把思婦的情感推移到朦朧且含蓄的距離之外。「我打江南走過」已說明「我」只是路經江南的過客，作者沒有直接描繪江南之美，只有感嘆：「那等在季節裡的容顏如蓮花的開落」。三月的江南，令過客感慨萬千的竟是痴痴等候著歸人的思婦，在時間無情的流逝中，她那美麗的容顏正如蓮花盛開隨即凋落。

　　對此「詩序」的詮釋，在過去所見的評論文章當中，論者多主張「短句急促，長句舒緩」的讀法，所以他們詮釋出──過客的「匆匆」馬蹄，以及思婦「漫漫」的等待。尤其「匆匆」這個誤讀，幾乎成為彼此因襲的詮釋公式。針對這項誤讀，鄭愁予在〈詩人在詩中的自我位置〉一文中特別強調──這首詩原是用北方官話的節奏寫成的，短句子的節奏慢，長句子的節奏快（參見《現代詩》第十五期，頁六），其實這才是正確的讀法，即使一般現代詩的讀法亦是如此，不管作者用的是官話或者方言。

　　所以這兩句詩正確的閱讀節奏進一步催化了內容──打江南走過的「我」，相對而言是從容不迫的，沒有任何心理負擔。倒是那等在（有限）季節裡的容顏，顯得非常急迫，因為在漫長的（無限）等待中，她的青春彷如蓮花的開落，著急地消磨。一緩一急，構成十分強烈的對比。這一則短短的「詩序」，於是產生了更大的戲劇張力。

　　詩的第二節把思婦的內心世界「意象化」，她的心被比喻成一座

「小小的寂寞的城」；靜止不飛的「柳絮」即是黯然無神的「思絮（緒）」，如果「東風不來」，春天就失去它應有的神采，正所謂「東風無力百花殘」，整個江南只剩下一片死寂。顯然「東風」就是「歸人」的隱喻，這座寂寞的城在盼望著它的東風。「恰若青石的街道向晚」，是一個詩意盎然的倒裝句，重點是「向晚」；如果還原成「恰若向晚的青石街道」，重點則是「街道」。後者只是景象描述，前者則有暮色漸深的光影變化，而且它暗示了思婦終日守候著這條街，直到夜幕漸漸低垂為止。「跫音不響」一句，說明她對青石街道的守候方式，是聽覺的，她株守在「三月的春帷」背後，整顆人像那「小小的窗扉緊掩」。

從「東風」（感覺）──「青石街道」（視覺）──「跫音」（聽覺）──到「三月的春帷」（情感的隱喻），給人一種非常立體的閱讀感；如此多層次的鏡頭變化，把這短短幾行變得十分紮實。

作者將氣氛醞釀到頂點之後，再以一行被「誤認」為歸人的馬蹄，令怦然心動的思婦忍不住揭起春帷；不過「達達的馬蹄」在劇情中的任務是把情節捩轉而下，錯揭春帷的驚喜與失望，讓這個「誤認」染上一層美麗與哀愁。可惜「我不是歸人，是個過客……」，一種很動人的遺憾，隨那「達達的馬蹄」一遍又一遍地迴盪在讀者的腦海裡。

這一行被期望至深的馬蹄，確實牽動了她那真摯的情感，也營造出十分唯美的意境，所以它成為一則「美麗的錯誤」。

從以上簡單扼要的分析可以看出，鄭愁予慣用婉約的柔性意象，譬如「東風」、「柳絮」、「江南」、「春帷」，即使原屬剛性意象的「馬蹄」，在他筆下也不會是千軍萬馬奔騰之勢，只是一行偶然的單薄蹄聲，它的功能是在撥動靜止的意象叢，驅動此詩的情感和情節。

四

鄭愁予幼年時期跟隨父親四處轉戰，長年的軍旅生活在他潛意識裡形成一種不安定感，所以在鄭愁予的詩作當中，常常讀到流浪和飄泊，以及一股淡淡的哀愁與蒼茫。「聚散」的情感及情節描述，更是鄭愁予最擅長的項目。這首詩在「聚」的渴望中，由馬蹄帶來不確定的跫音：是「歸人」還是「過客」？最後，過客的馬蹄踢「散」了思婦的期盼。由「散」衍生的的離愁別緒，往往是鄭愁予詩作裡最動人的餘韻。餘韻，是現代詩最難得的閱讀效果之一。

五

不管這首詩先後被詮釋成多少個版本，有的著重修辭，有的用古怪的方法來分析，有的則很感性地點到即止；但百變不離其宗，「閨怨」是不動如山的主題，彼此之間的差異點很有限。這個「有限」透露出現代詩創作上最重要的一個試題：詮釋脈絡。

在這個「詩亡」的年代，讀者高喊看不懂詩人們在寫什麼，而許多詩人則以「小眾化」乃現代詩必然的趨勢，下筆時多不考慮讀者反應，任意割裂詩的語言，肆無忌憚地扭曲意象堆積詞彙。很多時候詩人根本在寫一種拒絕詮釋的感覺（或刻意抽象的訊息），塑造一道沒有鑰匙孔的，從內部上鎖的門。

〈錯誤〉正好作為一個討論的範本。這首詩具有可以讓讀者大致掌握的詮釋脈絡，即使不透過評論文章的解讀，在一定程度上都能體悟到此詩的主旨，以及情節意涵。這個詮釋脈絡之所以清晰可見，主要是因為它具有相當程度的敘事性（或故事性），連貫的情節發展結

合了景物描寫，讓讀者可以在腦海中拼組出一幅有動感、有氣氛的畫面。就詮釋問題而言，可讀性（可分析性）讓此詩得以進駐讀者的腦海，它在任何情況之下都能夠浮現大致的輪廓。這是許多現代詩辦不到的。偏偏一首詩的「傳世能力」，往往取決於它形成的閱讀印象。

除了借由敘事結構來強化的詮釋脈絡，閱讀印象的形成更有賴語言的音韻感。〈錯誤〉保有許多現代詩捨棄的音韻感，關於這一點，很多評論文章都談過。從古典詩詞的閱讀經驗，我們深深體悟到「音韻」對「韻文學」的重要性；當它跟詩的意境和題旨結合後，可以形成一股朦朧的美感，或稱之為「韻味」。很主觀，卻是很重要的元素。

現代詩作為一種白話的、非格律的新文類，雖然它在許多方面有革命性的開拓與創造，但它相對複雜的訊息系統，不但無法光靠「體悟」——這種感性的閱讀方式來了解；同時正因為它無韻所以不便於記誦——難懂難記——於是讀者對它的接受度始終無法攀昇。記誦便是流傳的途徑，是強化閱讀印象的要素。

六

〈錯誤〉正因為具備了這些傳世要素，所以能獲得廣大讀者的喜愛。

或許有人批評像〈錯誤〉這種技巧保守的詩，在九〇年代已經不夠前衛，但我們無法否認它是一首情韻飽滿且易於記誦的好詩。尤其比起諸多花俏、炫目，卻不知所云的Y世代詩篇，我們別無選擇地讓它成為二十世紀中文現代詩的經典。

——選自《明道文藝》286期（2000年1月）

讓〈錯誤〉更美麗

丁旭輝

　　鄭愁予的〈錯誤〉可以稱得上是臺灣現代詩的壓卷之作，近半個世紀以來，不知讓多少人為它沉吟低迴、墜入那古典淒迷的美麗錯誤中而流連忘返！而有關此詩的賞析評論，也與它的知名度成正比，在臺灣現代詩中，就單一作品的評論數量而言，〈錯誤〉即使不是最多，也必然是前幾名的，很多名家如蕭蕭、張漢良、楊牧、瘂弦、沈謙、林綠、何寄澎、沈奇（大陸學者）等，對此詩都有精彩深入的詮釋。不過好詩總是耐於咀嚼的，在咀嚼回甘、芬芳滿懷之餘，我們仍可找到一些未被充分詮釋的地方。每一首詩都像一塊璞玉，一次次的詮釋便是一次次的切磋琢磨，不斷揭去外在的障閉，釋放出美玉溫潤通透的本色與光芒。以下我們將對〈錯誤〉詩中尚未被充分詮釋的地方進行更細膩的詮釋，就像對一塊已然成形的美玉，再多一次更細膩的琢磨一樣，期望它展現更耀眼的光芒。

一　〈錯誤〉的意象塑造

　　〈錯誤〉的第一節與第一節，焦點全集中在對詩中女主角的描寫：第一節寫其外貌，第二節寫其內心的變化；而所有的描寫，高明如鄭愁予者，只用了幾個簡單的意象，便道盡了千言萬語，營造了全詩的古典氣息。

鄭愁予在〈錯誤〉中，並未有一言一語道及詩中女子的外表，但第一節第二行一個簡單的「蓮花」的意象，卻帶給我們無窮的想像，所有的讀者都彷彿化身為那浪跡天涯的過客，親眼目睹了這位古典、優雅、潔淨、清新，帶點淡淡愁容的美麗的江南女子。早期徐志摩曾在〈沙揚娜拉十八首〉的第十八首裡，成功的創造了「水蓮花」的意象：

> 最是那一低頭的溫柔，
>
> 　像一朵水蓮花不勝涼風的嬌羞，
>
> 道一聲珍重，道一聲珍重，
>
> 　那一聲珍重裡有甜蜜的憂愁——
>
> 　　沙揚娜拉！

兩個「蓮花」的意象前後輝映，清新之極、美麗之極。不過相對於徐志摩「水蓮花」的嬌羞動人，〈錯誤〉裡的「蓮花」則多了一點神秘與哀愁。

第二節裡，鄭愁予以「柳絮」、「城」、「窗」三個意象來比喻詩中女子心情的變化，簡潔而精彩。然而細讀之下，這三個意象出現的順序應該是由「城」而「柳絮」而「窗」的，作者在這裡為了避免結構因過度的流暢而反顯呆滯，使用了一點倒敘的技巧，使全詩產生時空交錯的變化。再加上第一行和第四行刻意使用「如果我不要……，你就不會……」的追悔式的寫法，使得這短短五行，變得複雜跌宕，寫盡女子心情的起伏變化。如果我們將這五行的詩意還原為散文的句法，則其前後關係便能一目了然：

> 如果東風（我）不要吹起的話，則三月的柳絮（你的心情）就不會飛揚起來了（但事實上因為東風已吹起，所以三月的柳絮

也已飛揚起來了），那麼，你的心就像原來那個小小的寂寞的城；就像此刻，如果我的腳步聲不要在這鋪著青色石板路的黃昏的街道上響起的話，則你三月的春帷就不會揭起了（但事實上因為我的腳步聲已響起，所以你三月的春帷也已揭起了），你的心也就不會成為一方緊掩的小小窗扉了。

在過客未出現前，女子因為長久的等待，將自己的心封閉成一個小小的城。「城」的意象成為女子心情的比喻，是因為「城」是一個方形、封閉、獨立的物象，它四方有門，甚至四周築有深廣的護城河，可以完全將自己阻絕於世人，以此比喻詩中女子的心情，其哀愁便不言而喻了，而女子所有美好的記憶與悲傷的期待、寂寞的心情，也就全都閉鎖其中。一直到這個春天，詩中男子的腳步聲隨著東風（春風）一起出現，女子誤以為她要等的人已經回來，心情瞬間如三月的柳絮，隨風飛揚，然而拉起窗帘一看，四目接觸之際，這瞬間的希望卻轉為更深的絕望，猶如從山峰跌入谷底一樣，女子的心遂由「城」變成「窗」。「城」雖然封閉、雖然是「小小的」、「寂寞的」，但畢竟空間仍相當大；而「窗」，一扇小小的、緊掩的窗，不但跟城一樣，是個封閉的意象，更是一個小得不能再小的空間了。由一座「城」變成一扇「窗」，女子心情的轉變是極為劇烈的，這一陣無端的春風（過客），將女子早已習慣的小小的、寂寞的城，吹成一陣花雨般的柳絮，卻又瞬間緊縮為禁錮生命的窗，其美麗也小，其錯誤則甚大！

在第二節裡，還有一個值得注意的意象：「青石」。在色彩心理學上，「青色」屬於冷色系，相對於黃、橙、紅等暖色系的顏色所帶來的溫暖感，「青色」則給人清冷、淒涼的感覺，這種感覺搭配上黃昏時空盪盪（所以聽得到過客的跫音）的石板路（所以會有「達達」馬

蹄聲），其清冷、淒涼，愈加強烈，為全詩伏下情感的基調。鄭愁予
另一首名詩〈情婦〉的前三行也出現過這個意象：

> 在一青石的小城，住著我的情婦
>
> 而我什麼也不留給她
>
> 祇有一畦金線菊，和一個高高的窗口

　　一樣是等待，一樣是青石，一樣是小小的窗口，淒涼清冷的生命
情調，成為所有思婦的宿命，在這樣的等待中，恐怕連夢境都是冷冷
的青色吧！

二　〈錯誤〉的幾個技巧問題

　　在〈錯誤〉中，另有幾個值得探討的技巧問題。

　　第一節為何低二格排列？這個問題極少有人注意到，蕭蕭先生注
意到了，而且給了一個極佳的詮釋，他說：「這樣的形式設計，讓我
們可以將這兩行詩另眼看待。將這兩行當作是此詩的『小序』，最為
恰當。」不過另外有一個問題卻沒有人注意到；第二行為何特別的長
呢？不管在視覺或聽覺上、在閱讀或朗誦時，長達十五個個字且中間
沒有任何標點、中斷的詩行都是一個很大的負擔，大多數詩人都會避
免這種情況的發生，但鄭愁予在這樣一首只有九行的短詩中卻沒有避
開，而且因為首節低二格排列的關係，跟二、三節的其他詩行比起
來，它實際上等於十七個字的長度，所以我們可以斷定這必是出於作
者的刻意安排。就像周夢蝶在〈樹〉的第五行以特別長的詩行（「甚
至連一絲無聊時可以折磨折磨自己的」）暗示種子對發芽的期待，詩
行之長正暗示嫩芽的觸鬚之細長，可以深入泥土、提供日後衝破冷而
硬的地層的力量；又像洛夫在〈寄鞋〉的第十三行以特別長的詩行

（「有幾句藏在午夜明滅不定的燈火裡」）暗示詩中女子因思念而獨對孤燈、徹夜不眠的悲傷，詩行之長正暗示思念之漫長與夜之漫長。鄭愁予在此，也以一個特別長的詩行，配合她本身的內容，從視覺上與聽覺上暗示詩中女子思念之漫長、等待之漫長與悲傷之漫長。

如果了解這一個詩行在文字外形排列上的暗示意義，就同時注意到一個為一般讀者所忽略的問題：以「落」字結尾的伏筆安排。第一節的這二行既然是全詩的小序，則它除了交代全詩的背景之外，同時也隱涵了全詩的內容，而第二行的「落」字，正預先暗示了全詩的悲劇性結局：詩中的美麗女子勢必只能從花開等到花落，任蓮花般的容顏與年華，在等待中逐漸凋零、老去，美人遲暮，人間傷心事也！不只是在字義的閱讀上如此，任何人輕吟此詩，當他從「那——等在——季節裡的——容顏——如——蓮花的——開——」的美麗意象與開朗的聲韻中，一轉而掉入「落——」的低沉凝重，情緒必然為之一震、為之低迴、為之同悲！

另外，還有一個技巧性的問題也值得注意。第二節的第三行是一個倒裝句。在現代詩裡，倒裝句的功能除了可以加強節奏感外，也有加強「陌生化」（反熟悉化）的功能。試比較下列倒裝句跟它們未倒裝前的樣子就可以明顯感受到倒裝的功能：

1. 向你訴說／隱奧，／蘊藏在／岩石的核心與崔嵬的天外（徐志摩〈泰山〉）

   （向你訴說蘊藏在岩石的核心與崔嵬的（的）隱奧）

2. 是火？還是什麼驅使你／衝破這地層？冷而硬的。（周夢蝶〈樹〉）

   （是火？還是什麼驅使你衝破這冷而硬的地層）

3. 恰若青石的街道向晚

   （恰若向晚（的）青石的街道）

未倒裝前，節奏流暢，但純粹是散文式的語言；倒裝後，不但節奏跌宕，語言也因「陌生化」（反熟悉化）的技巧的作用而擺脫了散文的平鋪直敘，充滿張力。「陌生化」（反熟悉化）是使現代詩避免散文化並增強詩語言張力的一個重要技巧，它指的是在創作中選用新鮮的、不落俗套的、甚至是不合規範的語言來取代陳詞濫調，破除形式上和語言結構上的慣性化，使語言變得陌生，或將詞類作不尋常的用法，或使不相干的事物產生新的關係，使習以為常的反應萌發新意，製造距離感、新奇感與驚喜感，表現新鮮的獨特性與新的美感，以建立我們對這個世界的全新感受。製造陌生化效果的方式非常多，「倒裝」是斯之一。

三　被「刪節」掉了的刪節號及其功能

在三民書局版的高中國文第一冊第四課程，選錄了鄭愁予的〈錯誤〉，課文及《教師手冊》中對這一首詩有極為詳盡的解析，並附錄了諸名家對〈錯誤〉的各種角度的詮釋，但課文引錄〈錯誤〉時，最後一行卻將「過客」底下的刪節號「刪節」掉了。或許是疏忽，也或許是因為詩中前八行在該標點的地方，只有行中保留了標點，行末的標點一律省略，所以為求「統一」，遂將最後一行底下的刪節號也一併省略了。然而就詩論詩，這一個看似無關緊要的地方，卻有極為重要的影響，不可不辨。

在現代詩中，標點符號的使用原本極為自由，在大多數的情況下，用與不用並無太大關係。所以有整首使用的，例如余光中先生的〈昨夜你對我一笑〉或林彧的〈單身日記〉；有整首不用的，例如洛夫的〈金龍禪寺〉或羅門的〈流浪人〉；有行中用行末不用的，例如白萩的〈雁〉或楊牧的〈孤獨〉；有大多數詩行不用，少數詩行使用

的，例如葉維廉的〈更漏子〉或楊平的〈美麗是沒有名字的〉等。標點符號在詩中的功能主要有幫助理解的意義功能與製造停頓、表達節奏的節奏功能二者，使用標點符號，可使這二個功能得到明確的強調，但不使用標點符號，也有它的好處：一則在視覺上看起來乾淨清爽，二則不用標點，可增加詩語言的豐富性，因為標點落地、節奏固定，語意也就沒有彈性了。另外，如果行末遇到跨行，也無法使用標點符號。基於此，大多數的現代詩都不用標點，或者只在必要時於少數詩行使用。但部分標點符號在詩人的巧妙運用上，卻往往超越原有的功能，而別具意蘊，其中尤以刪節號最為精彩，也最得現代詩人青睞，特別是當刪節號出現在全詩之末或詩節之末時。則此時，用與不用便有極大的關係了。

刪節號在現代詩中的特殊功能主要有三：一為舒緩節奏、增加抒情詩的抒情意味，二為加強情境延伸，三為視覺暗示。前二個功能是所有具備特殊功能的刪節號都有的，第三個功能則只有部分的刪節號才有。而〈錯誤〉中的刪節號則完全具備了這三個功能。因為當刪節號出現在詩中時，它本身刪節省略的符號意義在提供讀者猜度想像空間的同時，就足以將詩的節奏速度降到最低最慢了，特別是當它出現在抒情詩的詩末時，在將完未完之際，詩的節奏將變得極其舒緩，而當〈錯誤〉詩中的男子慨嘆他的達達馬蹄竟然造成一個美麗的錯誤時，對於女子的心傷他未必不心懷愧疚，但如此一個錯誤的美麗，卻也令他不無惋惜的自言自語：為什麼我不是歸人，而是個過客呢？而當這麼多的想法徘徊在他內心時，「過客」底下的刪節號，正可以恰如其分的將男子心中的想法與情感，透過極其舒緩的節奏，緩緩流洩而出；此時，一方面全詩的抒情意味在此得到加強，一方面詩的文字雖然已經結束，但透過刪節號的流洩渲染，過客的輕喟、讀者的低迴與全詩的意境彷彿還隨著刪節號，一點一滴、如絲如縷的盤旋縈繞、

纏綿不去。而當男子最後仍然不得不繼續他飄泊浪跡的宿命，騎著馬離開這江南小鎮時，刪節號本身一點一點的虛線，在視覺上正暗示著馬蹄的痕跡一點一點的向前延伸，最後消失在暮色蒼茫之中……。所以〈錯誤〉詩末的刪節號，對全詩整體氣氛、韻味、意境之經營而言，實位居極為重要的關鍵，絕非僅僅是一個普通的標點符號而已，自不可輕易省略或忽略。況且作者原詩既作如此安排，基於尊重作者之立場，亦不宜隨意更改。

其實像〈錯誤〉這樣的標點符號安排，在現代詩中也有很多相似的例子，例如林泠的〈微悟──為一個賭徒而寫〉，全詩五行，一至四行的標點符號採行中用、行末不用的方式，但第五行則不然：

> 在你的胸臆，家的卡羅的夜啊
> 我愛的那人正烤著火
> 他拾來的松枝不夠燃燒，蒙的卡羅的夜
> 他要去了我的髮
>   我的脊骨……

又如敻虹的〈水紋〉，全詩五節，前四節的標點符號處理也採行中用、行末不用的方式，但第五節則為：

> 忽然想起
> 但傷感是微微的了
> 如遠去的船
> 船邊的水紋……

二首詩的刪節號都破壞了全詩的「統一」，但也都為全詩營造出文字之外，另一種更細膩的抒情節奏與幽渺意境，而且在視覺暗示上，前一首的刪節號讓人有一節一節的「脊骨」的視覺聯想，而脊骨

就等於「生命」，詩中女子為愛奉獻生命亦在所不惜的形象因此而獲得突顯；後一首的刪節號則給人水紋向外擴散、終至平復的視覺聯想，就像詩中女子年少時的傷感在歲月的洗滌與心智的成熟兩相作用下，越來越淡、終至完全平復，不留痕跡一樣，展現出成熟的愛情智慧。這都是刪節號超越本身標點符號的基本功能，表現出文字所無法表現的詩學技巧的最佳例證，則〈錯誤〉詩末的刪節號之不宜「刪節」，其理愈明矣。

——選自《國文天地》16卷6期（2000年11月）

鄭愁予〈錯誤〉賞析

魏聰祺

一 前言

鄭愁予的〈錯誤〉一詩，膾炙人口，令讀者讀後，愛不釋手。高中國文課本也將之編入，成為全國高中學子必讀的教材，於是分析欣賞該詩的文章，為數不少。但就筆者所見，各家雖自有一得之見，仍嫌其不夠深入。於是不揣譾陋，將自己教學心得，筆述於後，就教於方家。

二 賞析

（一）全詩之序

首段二行：「我打江南走過／那等在季節裡的容顏如蓮花的開落」，它的排列形式，在《鄭愁予詩集》中，是比其後二段的正文低二格，如此排列，可視為全詩之序[1]。既是詩序，則是探求全詩主旨的線索。因為欲找出全詩的主旨，一般是由「詩題」著手，題目即是

---

1 見蕭蕭〈情采鄭愁予〉：「〈錯誤〉這首詩開始的兩行比其他詩行降低兩格，這樣的形式設計，讓我們可以將這兩行詩另眼看待，將這兩行當作是此詩的「小序」。」原載《國文天地》13 卷 1 期，頁 61。

全詩主旨；但若另有「詩序」，則可以提供思考線索，不致漫無目標
去幻想。

1.「我打江南走過」，點出空間背景。打，打從；江南，在暮春
三月的時候，是風光明媚，百花爭妍，萬物交配繁衍的情境，正可襯
托閨婦之獨守、寂寞。作者不言「塞北」、「華北」、「東北」，當然是
他沒經過那裡，所以「江南」很可能是記實的寫法。但是作者既然用
了「江南」作為空間背景，則讀者有權因此而作象徵性的聯想。暮春
三月，在塞北、華北、東北，可能還是酷寒季節；但是在江南，則是
「江南草長，雜花生樹，群鶯亂飛」（丘遲·〈與陳伯之書〉）的萬物
復甦狀態，而且江南男女多情，吳歌西曲熱情婉約，李白〈長干行〉
的閨怨之思，也是在江南，則江南作為全詩空間背景，正可以萬物之
欣欣向榮，襯托女主角獨守空閨之幽怨。

2.「那等在季節裡的容顏如蓮花的開落」，這是採譬喻修辭法來
表達，「那等在季節裡的容顏」是喻體，「如」是喻詞，「蓮花的開
落」是喻依，本句屬於明喻。

「季節」，作者不用日子、光陰、時間或歲月，是因為季節二字
較具體，可令讀者聯想到春、夏、秋、冬四季明顯的變化，則下文
「容顏如蓮花的開落」，就能夠清楚呈現其開、其落，有明顯地改
變；另外，以季節為計量單位，三個月為一季，則閨婦等在季節裡，
一等就是數個寒暑，比日子以一天天來算，是漫長得很，正因為漫長
空等，才會產生閨怨，所以用「季節」比用「季節」比用「日子」、
「光陰」、「時間」、「歲月」等詞，更能表現閨怨。

「容顏」，作者不用女人、青春、閨怨等詞，是因為容顏可以表
達上述諸詞的意義，而且能與下文「蓮花的開落」相呼應。女人、青
春、閨怨都很抽象，不如容顏來得具體，說「女人如蓮花的開落」，
不如說「容顏如蓮花的開落」，因為由容顏才看得出花之開落；而且

女人的青春，是寫在容顏之上，容顏的變化，即是青春的變化，也是
閨怨的變化。

「蓮花」，作者不用杏花，桃花，是因為「一枝紅杏出牆來」
（宋‧葉紹翁〈遊園不值〉）的詩句，使得「紅杏出牆」這句成語，
已經是不貞不潔的慣用語，杏花也就成了不貞不潔的象徵；所謂「人
面桃花相映紅」、「桃花依舊笑春風」（唐‧崔護〈題都城南莊〉），都
是告訴我們，桃花是沐浴在愛情滋潤之中，甚至於是情感太過氾濫，
招來過多情債，於是有「命犯桃花」、「桃花煞」的說法，可見桃花並
非閨怨的象徵。反之，蓮花的特質是「出淤泥而不染，濯清漣而不
妖」（宋‧周敦頤〈愛蓮說〉），是君子的象徵，當然也可以是節操自
守的閨婦象徵。

「開落」，有人說是「開」是配字，無義，將「蓮花的開落」解
釋為「蓮花的凋落」。[2] 這種說法，筆者不敢苟同，若要這樣解釋，倒
不如將「開落」二字並存，解釋為「由盛開而凋落」，來得涵義更
廣，可以將閨婦的閨怨完整表現。但這樣仍只是皮毛之見而已，筆者
認為「開落」二字必須配合篇末「美麗的錯誤」來解釋，才能找到全
詩的主旨。「我達達的馬蹄，是美麗的錯誤」，當閨婦聽到「達達的馬
蹄聲」，以為是歸人回家，心中燃起一絲希望，這是美麗的幻想，於
是閨婦的容顏如蓮花的開放；後來發現「我不是歸人，是個過客」，
希望破滅，於是閨婦的容顏如蓮花的凋落。本詩題目為〈錯誤〉，而
「我打江南走過，那等在季節裡的容顏如蓮花的開落」二句，是全詩
的序，由詩序的推敲，可以得知本詩的主旨，是在寫「美麗的錯
誤」，這與詩題是一脈相通，亦即作者所要寫的是剎那間的心理變
化，藉由「達達的馬蹄」，引起閨婦美麗的希望，於是容顏如蓮花般

2　同前註，頁 61。

開放；但隨即發現「不是歸人，是個過客」，希望破滅，於是容顏如蓮花般凋落，這是描寫剎那間的心理變化，由小可以見大，藉以呈現閨怨之無奈。

另外，第二行詩句特別長，正可以暗示「詩中女子思念之漫長、等待之漫長與悲傷之漫長。」[3]這又是以形式表達或暗寓內容的明顯例子。

（二）柳絮不飛、春帷不揭

次段的五行，已是本詩的正文，主要是以四個譬喻來表達遊子不歸，思婦心情隨之沉鬱寂寞。

1.「東風不來，三月的柳絮不飛」，這二句是採譬喻修辭法來表達，其意是指「良人不歸，苦等的閨婦心情不飛揚」如同「東風不來，三月的柳絮不飛」，省略了喻體、喻詞，只剩喻依，所以是借喻。

「東風」，借代春風。中國位處季風氣候區，春天吹東風，夏天吹南風，秋天吹西風，冬天吹北風。所以詩、詞、文章中有西風，則是以秋天為時間背景，如「枯藤老樹昏鴉，小橋流水人家，古道西風瘦馬，夕陽西下，斷腸人在天涯。」（元·馬致遠〈天淨沙·秋思〉）、「壯年聽雨客舟中，江闊雲低·斷雁叫西風」（宋·蔣捷〈虞美人·聽雨〉）、「樂遊原上清秋節，咸陽古道音塵絕，音塵絕，西風殘照，漢家陵闕。」（李白〈憶秦娥〉），皆以「西風」作為背景，帶有肅殺蕭條徵兆，易引起讀者漂泊他鄉的聯想，於是便有鄉愁的象徵意義。若是詩、詞、文章中有「東風」，則是以春天為時間背景，而春天正是萬物交配繁衍的季節，人也是萬物之一，面對眼前所見之景，

3　見丁旭輝：〈讓「錯誤」更美麗〉一文，原載《國文天地》16 卷 6 期，頁 105。

不由得產生「興」的聯想，而有「思春」情懷，於是得不到愛情滋潤的閨婦，難免會有閨怨，所以古典詩詞中的閨怨詩，大都是以春天作為背景，如「閨中少婦不知愁，春日凝妝上翠樓，忽見陌頭楊柳色，悔教夫婿覓封侯。」(唐·王昌齡〈閨怨〉)、「青青河畔草，鬱鬱園中柳，盈盈樓上女，皎皎當窗牖，娥娥紅粉妝，纖纖出素手。昔為倡家女，今為蕩子婦，蕩子行不歸，空床難獨守。」(〈古詩十九首〉之一)，都是如此。另外，東風一來，萬物復甦，猶如良人歸家，閨婦心情開朗，其間相似處，可說是恰如其份。

「三月」，乃暮春時節，已非初春；依季節循環而言，冬天一過，春天即來，東風必是伴隨而來，所以朱自清的〈春〉，一開頭即是「盼望著！盼望著！東風來了，春天的腳步近了。」但是本詩卻是已至「三月」，而東風仍是不來，可見誤期已久。以之比喻，則是良人當歸不歸，誤期已久，如此才會產生閨怨。

「柳絮」，作者以柳絮比喻女主角的心。在古典詩詞之中，某種事物常有某種象徵意義，可供讀者遵循聯想，如杜鵑鳥之啼叫，聲似「不如歸去」，於是杜鵑有作客他鄉，滿腹鄉愁的象徵意義，如：「但見悲鳥號古木，雄飛雌從繞林間；又聞子規啼夜月，愁空山。」(李白〈蜀道難〉)、「可堪孤館閉春寒，杜鵑聲裡斜陽暮」(宋·秦觀〈踏莎行〉)，皆是由杜鵑而產生鄉愁象徵。至於柳樹的象徵意義，在中國古典詩詞中，有如下幾項：a、折柳送別，依依不捨：依《三輔黃圖》所載，漢人遠行，則於灞水邊，灞橋上送行，並折柳送別。柳、留音同，有希望對方留下別走之意，所以有依依不捨之情。b、悔教夫婿覓封侯：王昌齡的〈閨怨〉：「忽見陌頭楊柳色，悔教夫婿覓封侯。」正因為眼見楊柳，聯想起當日折柳送別，依依不捨之情，反觀今日，遊子不歸，誤了期限，後悔之情，不禁油然而生。

前述二點象徵意義，只是就楊柳而產生的聯想，畢竟與作者所用

的「柳絮」，有所差別。若欲探究本詩較合理的聯想，則必須回歸「柳絮」應有的象徵意義。杜甫〈漫興絕句〉：「顛狂柳絮隨風舞，輕薄桃花逐水流」，晏殊〈踏莎行〉：「春風不解禁楊花，濛濛亂撲行人面」。杜詩以「顛狂」形容柳絮，晏殊以「濛濛亂撲行人面」描述楊花（即是柳絮），給人的感覺，豈非淫亂？如此一來，豈不是與上文「蓮花」出淤泥而不染的意義有所悖逆？但筆者以心理學的角度另作詮釋，則能將此一矛盾現象化解。閨婦受到道德禮教的約束，表現在外的，是不苟言笑，冷若冰霜，一副拒人千里的堅貞自守；可是每到夜半無人之時，其內心深處，難免男女情慾焚身，此乃人性之自然流露，所以儒家修身特別強調「慎獨」二字，因為「小人閒居為不善，無所不至」，所以「君子必慎其獨」（《禮記・大學》）。同樣地，閨怨少婦心如柳絮，可以隨風起舞，只要良人返家，其心亦隨之起舞，甚至到了「顛狂」的地步，可謂「駭」（hing）到最高點。反之，若閨婦心如止水，形同枯井，則她早已沒有閨怨，亦無禮教約束及內心情慾的天人交戰。由此可知，本詩以「柳絮」比喻閨婦內心，應可確信是認為女主角仍有思春情懷，仍有男女情慾，如此才能突顯女主角天人交戰，守活寡的寂寞難耐心理。

2.「你底心如小小的寂寞的城／恰若青石的街道向晚」，這是以明喻形式表現的博喻，其喻體為「你底心」，喻詞為「如」、「恰若」，喻依為「小小的寂寞的城」、「青石的街道向晚」，以二個喻依來說明一個喻體，即是博喻。

「小小的寂寞的城」，作者用「小小的」來形容閨婦的心，則有堅貞不二的意思，因為心不大，所以容納不下其他男人，只對自己的良人從一而終；作者又用「寂寞的」來形容閨婦的心，則表示良人不在，空虛寂寞；作者又用「城」來形容閨婦的心，城是易守難攻，表示閨婦有自我約束的道德教條，使她的心有一面是冷若冰霜，不易隨

便接納其他男人。

　　「青石的街道向晚」，作者不用「柏油的馬路」來比喻閨婦的心，而是用「青石的街道」，因為柏油馬路是現代化的產物，象徵女主角有現代化的思想，她不再學王寶釧苦守寒窯十八載，也就不會有這種閨怨；但是「青石的街道」是傳統的，象徵女主角的觀念是傳統的觀念，因此才會默默承受良人不歸的閨怨。而且「街道」是人走的路，當然象徵女主角選擇的人生道路，所以「青石的街道」，象徵女主角選擇的人生道路是傳統守舊的這條路。

　　「向晚」一詞，置於句末，是倒裝句法。倒裝句法的作用有二：一是變化句型，引人注意；二是超越原意，產生新義。相同而正常的句型，讀者習以為常，經常是囫圇吞棗，忽焉帶過，而不加深究；但是倒裝之後，句型改變，與原來形式不同，勢必引起讀者注意，而達到「語不驚人死不休」的效果。假若作者只是為了引人注意而故意搞怪，將正常句法改變，形成跳脫、倒裝等新奇句式，而沒有考慮到內容意義的效果，甚至因為句式怪異，而令人難以理解，則這種變化句型，並不足為訓，因為句式新奇，縱使一時博得讀者青睞，使其目眩神迷，但若內容意義無法兼顧，則日久必遭淘汰。所以，好的倒裝句法，除了可以引人注意之外，另一方面，在內涵上應該除了原來意義之外，還有另一層更深的含義，如此才能得到讀者的認同，而日久不衰。此句原來應作「恰若向晚的青石街道」，向晚的青石街道，給人的感受是空盪無人，因為農業社會，一到傍晚，人人回家晚餐、休息，街上已無人，只見一抹斜陽映照，所以王維〈輞川閒居贈裴秀才迪〉云：「渡頭餘落日，墟里上孤煙」，也是傍晚時刻，渡頭無人，只餘落日斜照，因此「向晚的青石街道」象徵女主角心中空虛寂寞。此句倒裝之後，不僅保有原意，而且「向晚」置於句末，由形容詞轉品為動詞，於是它的意象由傍晚的空間，延伸成為時間，向著晚上，漫

漫長夜，一片漆黑，此時閨婦的心情，如同掉入無底深淵，不見天日，何時才能熬到天明日出？何時才能等到良心人返家？於是閨婦的心，惶惑不安，無以聊賴。

3.「跫音不響，三月的春幃不揭」，這與上文「東風不來，三月的柳絮不飛」的句型一樣，也是一種借喻，用來比喻「良人不歸，閨婦的心情不開朗」；而且上文是以自然景物為喻，此句則落實為「跫音」、「春幃」，已有漸進深入的意義。

「跫音」，即是腳步聲。作者為何會將譬喻落實在跫音呢？因為這樣可以突顯女主角心繫於此。試想：女主角深受道德禮教約束，腦中存有傳統思想，縱使心繫良人，也不至於大開門戶，並且倚閭企盼。若是如此，豈非有倚門賣笑之嫌？所以，她應是門戶深鎖，以避流言蜚語。正因為門戶深鎖，無法用眼觀看，只好豎著耳朵，仔細聆聽外面動靜，閨婦的心情，也就隨著外面的腳步聲由遠而近，心情漸趨緊張，希望漸濃，可是腳步聲並未在門口停止敲門，而是由近而遠去，於是心情又因失望而喪氣。閨婦每天就是在心繫良人的情懷下，聆聽跫音的響起，她殷殷企盼的閨怨，也就藉此流露。另一方面，此處先寫「跫音」，可作為下文「我達達的馬蹄，是美麗的錯誤」的伏筆，閨婦若是無心仔細聆聽外面動靜，則「達達的馬蹄」亦是聽若不聞，也就無法造成「美麗的錯誤」，所以說「跫音不響，三月的春幃不揭」，是下文「達達的馬蹄，是美麗的錯誤」的伏筆。

「春幃」，作者以春幃比喻閨婦心情。春者，含有思春之意，幃者門簾，風吹手動即可揭開，並非固定不動，可見以「春幃」比喻閨婦心情，是認為閨婦內心仍有男女情慾，仍是可以輕易挑動，而非心如止水的一座枯井，此與上文用「柳絮」比喻女主角的內心，是一脈相通的。

4.「你底心是小小的窗扉緊掩」，這句是以譬喻修辭來表現，喻

體是「你底心」，喻詞為「是」，喻依是「小小的窗扉緊掩」，所以是一種隱喻。

「窗扉」，即是窗戶，扉為配字，指的是窗，而非戶。窗扉是可以隨意開關，也是內外溝通孔道，作者不是用「一堵高高厚厚的牆」來比喻閨婦的心，若是如此，則女主角已是心如止水，形同枯井，心情塵封已久，難以挑動；但是「窗扉」可以自由關啟，象徵女主角的內心仍是熱情不滅，仍是情慾縈心，所以仍有天人交戰的心理刻劃。

「緊掩」，作者將緊掩二字置於句末，是倒裝句法，此句原本應作「你底心是小小的緊掩的窗扉」，與上文「你底心如小小的寂寞的城」句法相似，若是如此安排，「緊掩的窗扉」給人的印象是：密閉的窗戶，可能已是塵封已久，未曾開啟過，如此則象徵女主角心如止水，不再波動，這與上文「柳絮」、「春帷」的意義不符。所以作者採倒裝句法，將「緊掩」置於「窗扉」之下，於是它的詞性由形容詞轉品為動詞。「窗扉緊掩」於是產生了女主角正在拚命抵死去緊掩窗扉的動作，似乎外面有陌生男人正要侵入，女主角正在抗拒，這就令人聯想起天人交戰，道德禮教與內心情慾的衝突。

（三）美麗的錯誤

末段二行，乃本詩主旨所在，作者在詩題已點出主旨「錯誤」，在詩序又指引出線索「那等在季節裡的容顏如蓮花的開落」，在詩末又點出「達達的馬蹄是美麗的錯誤」，可見本詩一直是以圍繞主題作取材、布局，它的思想脈絡也就一脈相通。作者在上文盡量以譬喻手法來描述閨婦的心理，如：「東風不來，三月的柳絮不飛」、「你底心如小小的寂寞的城，恰若青石的街道向晚」、「跫音不響，三月的春帷不揭」、「你底心是小小的窗扉緊掩」，連用四個譬喻，全都是著眼於女主角的內心感受，藉由這些細膩的心理比喻，才能顯現閨婦因心繫

良人，而將「達達的馬蹄」誤認，於是產生了「美麗的錯誤」，作者
猶如心理攝影家，以快門捕捉住閨婦剎那間的心理變化，這就是本詩
的主旨。

「達達」，疊字，乃摹聲詞，指馬蹄聲；「馬蹄」，指馬蹄聲，有
人認為這是以「馬蹄」借代「馬蹄聲」，是以具體借代抽象。筆者對
此看法，則另有不同見解：須知借代的定義是「借用其他名稱或語
句，代替通常使用的名稱或語句的修辭方法。」[4]，而其心理基礎，
依黃慶萱的說法是：

> 人類對於一些經常出現的刺激，常產生「消極適應」。……要
> 想使刺激有效的引起人類的反應，便必須講究刺激的新穎性。
> 心理學上的實驗也證明，新穎的刺激遠較經常的刺激較易引起
> 「注意」。「借代」一法，就是在這種心理基礎上架構而成。[5]

依照上述「借代」的定義及心理基礎，我們可以知道「借代」所
「借用其他名稱或語句」應該比「通常使用的名稱或語句」更能引起
讀者的注意。因此，「借用的其他名稱或語句」應該與「通常使用的
名稱或詞句」完全不同，如此才能產生「新穎的刺激」，才能引起讀
者的「注意」。假若二者之間有文字重複，它們對讀者的刺激也就相
差不多，如此則已失「借代」修辭之效果。所以「馬蹄」與「馬蹄
聲」之間，重複了「馬蹄」二字，這對讀者的刺激，差異不大，不符
「借代」的心理效果。其實此句可以視為詞語「節縮」，只是作者習
慣性的省略而已。與此相似的例子有：

---

4 見沈謙《修辭學》第十二章〈借代〉，頁 312。
5 見黃慶萱《修辭學》第十三章〈借代〉，頁 252。

黃巾為害，萍浮南北，復歸鄉邦。入此歲來，已七十矣。（鄭
玄〈戒子益恩書〉）

　　東漢末年，張角造反，其黨徒皆頭裹黃巾為標幟，時人號為黃巾
賊，這是以特徵或標幟相代的借代。亦即以黃巾的特徵代替張角這一
批匪徒，因為他們是賊匪，所以加上「賊」字，成為「黃巾賊」。其
實，「黃巾」與「黃巾賊」都是用來借代「張角黨徒」，而「黃巾」只
是「黃巾賊」的節縮，並非以「黃巾」借代「黃巾賊」，此因它們重
複了「黃巾」字，對讀者的刺激差異不大，不符借代的心理效果。又
如：清末太平天國起事，因其不剃髮，故以此特徵被清廷呼為「長
毛」或「長毛賊」。「長毛」或「長毛賊」可以借代為「太平天國」，
但「長毛」並非「長毛賊」的借代。

　　「美麗的錯誤」，是全詩主旨，作者以「反襯」技巧來表達反常
合道的啟發性。所謂「反襯」，其定義是「對於一件事物，用恰恰與
此事物的現象或本質相反的詞語予以形容」[6]。「錯誤」的本質是不好
的，「美麗」的本質是美好的，二者本質相反，卻用「美麗」檢形容
「錯誤」，於是產生了「反襯」現象。由於反襯的特殊技巧，它會產
生二種修辭作用：一是無理而妙的諷刺性：如「雅得這樣俗」、「美麗
的垃圾」、「父母俱存的孤兒」等，看似無理，想想卻很奧妙，含有辛
辣的諷刺性；二是反常合道的啟發性：如「大智若愚」、「光榮的失
敗」、「吃虧就是佔便宜」等，看似反常，仔細一想，卻是合乎道理，
含有人生哲理的啟發性。本詩作者用反襯技巧，寫出閨婦的心理，因
門外「達達的馬蹄」，使她產生美麗的憧憬，於是容顏如蓮花一樣開
放；後來發現「不是歸人，是個過客」，原來是個錯誤，希望破裂，
於是容顏又如蓮花一樣凋落。這是抓住閨婦剎那間的心理變化，而加

6　見沈謙《修辭學》第三章〈映襯〉，頁82。

以刻劃，所要表達的即是一種「剎那間的永恆」。

　　「……」這個刪節號標在「我不是歸人，是個過客」之下，它具有三種特殊功能：一為「舒緩節奏，增加抒情詩的抒情意味。因為刪節號除了提供讀者猜度想像空間，同時能將詩的節奏速度降至最低最慢，尤其是出現在詩末，使詩的節奏變得極其舒緩。二為加強情境延伸。詩的文字雖然已經結束，但透過刪節號的流洩渲染，過客的輕唒、讀者的低迴，仍盤旋縈繞、纏綿不去。三為視覺暗示。刪節號本身一點一點的虛線，在視覺上正暗示著馬蹄的痕跡一點一點的向前延伸，最後消失在暮色蒼茫之中……。[7]這種以具象符號表達多層意涵的方法，即可視為婉曲含蓄的修辭技巧。

7　同前註，頁 106、107。

參考文獻（依作者姓氏筆畫排列）

一　書籍

沈　謙　《修辭學》　臺北市　空中大學　1996年11月

黃慶萱　《修辭學》　臺北市　三民書局　1988年3月

鄭愁予　《鄭愁予詩集1》　臺北市　洪範書店　1985年8月

二　期刊論文

丁旭輝　〈讓「錯誤」更美麗〉　《國文天地》　16卷6期　2000年11月

林　綠　〈鄭愁予「錯誤」的傳統訊契〉　《國文天地》　13卷1期　1997年6月

楊鴻銘　〈鄭愁予「錯誤」析評〉　《國文天地》　12卷8期　1997年1月

蕭　蕭〈情采鄭愁予〉　《國文天地》　13卷1期　1997年6月

——選自《國教輔導》41卷5期（2002年6月）

「美」從何處來？

——鑑賞與昇華〈錯誤〉一詩

林碧珠

　　鄭愁予〈錯誤〉一詩：「我達達的馬蹄，是美麗的錯誤」，錯誤為何是美麗的？美從哪裡來？這是全詩關鍵，也是每位國文老師教學精華所在，若說答案僅是詩的下一句：「我不是歸人，是個過客」，就太狹隘了！個人認為國文老師應就〈錯誤〉一詩激發學生鑑賞與昇華〈錯誤〉之美，培養學生對新詩的藝術鑑賞與對生命豐富內涵的接納。

　　本文擬就〈錯誤〉一詩進行「形式」鑑賞與「內容」鑑賞，說明「美」從何處來。形式鑑賞著重在詩的技巧與特色之美；內容鑑賞則著眼於詩中如何昇華錯誤，進而欣賞生命的深度與廣度之美。由形式之美過渡到內容之美——也就是由鑑賞〈錯誤〉到昇華錯誤，更是成功的國文教學不可或缺的。

一　形式之美——鑑賞〈錯誤〉

　　「鎔古典於現代」，是〈錯誤〉一詩的風格。「江南、蓮花、東風、柳絮、青石、向晚、跫音、春帷、馬蹄」都是古典詩詞中常見的意象，鄭愁予加以轉化，鋪排出古典之美，同時也保留宋詞元曲中的優美餘韻與古典詩的語言成分，因此楊牧稱鄭愁予為「中國的中國詩

人」。

「含蓄婉約」的筆法更流露出濃厚的「閨怨」氣息。全詩以「第三者」（旁觀者、過客）的角度來揣摩閨中女子的等待心境，是其突出之處。運用譬喻手法：「東風、跫音」喻所等之人；「蓮花的開落」喻等待的歲月漫長；「不飛的柳絮、寂寞的城，向晚的青石街道」喻女子內心的寂寥；「不揭的春帷、緊掩的窗扉」喻女子的堅貞自守。使用譬喻抒發心意形成了含蓄不露的特色。

聲韻之美更增添了沈重之氣氛。使用押韻，如：晚、掩。也運用類疊，如：小小、達達、不來、不飛、不揭。聲聲呼喚，造成迴音重複，使等待氣氛更為沈重。

〈錯誤〉的空間處理像是拿了一部攝影機從遠景、中景、而至「特寫」，即是從面、線，慢慢聚焦於特定的「點」上。從**江南**－**城**－**街道**－**窗扉**－人－人的臉部表情，鏡頭的不斷移動，不僅帶動詩的流暢性，更凸顯了主題（焦點），最後留給讀者無窮的想像空間與填補空白的時間。此詩空間處理技巧與柳宗元的〈江雪〉有異曲同工之妙。「千山鳥飛絕，萬徑人蹤滅，孤舟簑笠翁，獨釣寒江雪。」從**山**－**船**－**翁**－**竿**－**線**－釣鉤。

二　內容之美──昇華錯誤

美麗的錯誤，既然是錯誤，為何會「美麗」，這是非常弔詭的地方，也是一個哲學性的問題，更可看出作者生命的廣度與深度。本文的「錯誤」是作者主觀認定是「美麗」的，這其中到底美自哪裡？而作者又是透過怎麼樣的思維方式將錯誤昇華為美麗的？

（一）「化剎那為永恆」的感受

　　「我達達的馬蹄，是美麗的錯誤，我不是歸人，是個過客」，在漫長等待的過程中，就在女子聽到馬蹄聲的剎那，便燃起一線生機，滿懷希望，歡欣鼓舞地迎接丈夫的歸來。至少在「那一刻」，所有的苦澀與艱辛化為烏有，苦盡甘來，等待是「值得」的。就像流星劃過天邊般，曾經擁有的那份悸動，那種心情，刻骨銘心，永生難忘。這剎那的錯誤化為永恆，所以是美麗的。

（二）摒棄科學，採藝術求美的思維

　　從科學求「真」的立場而言，錯誤，客觀上即是百分之百的錯誤，毫無轉寰餘地。從道德求「善」的角度而言，錯誤這一結果還得配合動機是否純正，本文的錯誤當屬作者無心之過，所以錯誤是「善」的。作者認為對生命中無法改變的既成事實——我是過客，或無可補救的缺憾——我達達的馬蹄，若一味地鑽營真相，只會把自己逼到死胡同裡，久久不能釋懷，何不敞開胸懷，索性當個藝術家，主觀、直覺認定這整體的感覺是「美」的。

（三）「不以結果論定，過程納入考量」的邏輯

　　從心裡的因素來看，結局已經產生，因為結果並不符合女子的期待，所以說是個錯誤。然而，不符合個人期望的都是錯誤嗎？若是如此，人生不如意事十之八九，人生真是充滿了錯誤！完全以結果來論定的思維方式，忽略了過程中「不可操控」、「無法抵抗」的外力因素，只會讓自己的責任沈重、壓力變大罷了。作者認為：達達的馬蹄是歸人或過客始終是女子無法操縱的因子，但在等待的過程，女子已經盡了全力，了無遺憾，這就夠美麗了。

（四）「跳脫完美主義」的迷思

「完美」，不是常態，似乎不貼近真實；完美的人、事、物只會出現在小說、電影情節中，完美是一種「靜止」、「停滯」的狀態。不完美──有「缺陷」、「缺憾」，才有前進、躍動的空間。心理學上的「仰巴腳」效應（有點小缺點的人往往人緣最好）及「缺陷也是一種美麗」一詞等等皆跳脫完美主義的迷思。女子未能見到歸人，雖然不完美，徒留的一連串驚嘆號與問號，不也是一種「缺陷美」嗎？

分析至此，我們發現在〈錯誤〉一詩中，詩人換個角度看人生，以至於連錯誤都有美麗的一面。錯誤之美在於「哲學的美」、「創意的美」。換句話說，詩人領略了生命之美，詩人的生命境界是無限延伸的。美麗的錯誤，美從詩人心靈深處源源不絕地湧出──即使那是一般人所認為的錯誤！

──選自《中國語文》92卷1期（2003年1月）

現代美典，古典詩意
—— 鄭愁予〈錯誤〉導讀

唐捐

一　解放後的飽滿堅實

　　漢語詩意載體之由文言轉為白話，在五四時期，基本上係以「解放」為要務。舊詩的凝鍊、嚴整、堅實，原為可貴而突出的質素，新詩在追求自由之餘，不免顧此失彼，遺失了前述種種好處。於是新一代的詩人面臨這樣的挑戰：如何從前人眼中通俗而貧乏的白話之中，提煉詩意，鍛鍊詩語，扣觸詩質。徐志摩的〈再別康橋〉即是成功的範例，證明了白話詩也能像古典詩一樣反覆吟詠，回味無窮。他的語言趨向於奔放，慷慨，大膽，但在格律（音尺與韻腳）的扶持之下，依然能夠免除同時代白話詩常有的冗贅或散漫。在音節謹飾之間，示範自由翻騰的藝術。

　　鄭愁予的〈錯誤〉作於「新詩再革命」的五〇年代，那是紀弦高倡「自由語的自由詩」的時代。在這個理念之下，鄭愁予的主要貢獻便在於通過自由隨機的布置，建構一種顛撲不破的嶄新體裁。徐志摩的字句較鬆軟，鄭愁予則在大解放之餘，重新追求一種（舊詩般的）凝鍊、嚴整、堅實；徐志摩依賴格律去收束鬆散，鄭愁予則更傾向於字句本身的相互呼應，於是在靈動之間，儼然自成一種美的紀律。

二　詩序：意念的泉源

　　開篇兩行，作為詩序，具有總括全篇的作用。如同河流的源泉，山高則水長，這兩句蘊藏著豐厚的能量，為下游所取資不盡。詩意的原始結構是這樣：「我走過江南／她等在原地」，或者更簡潔地說：「我走過／你等著」。「過」與「著」是兩種截然不同的動詞時態，前者剎那完成，後者持久凝定，這不僅分別呼應兩人的情緒，更決定了兩行詩不同的走向。剎那完成，故句法簡潔短促，「我」就寫成「我」，「走過」就寫成「走過」，只是用一個「打」字把處所「江南」挪前，既變化句式，復為押韻作準備。至於後一行，持久凝定，必須使之曲折而周旋。故「你」不說「你」，而代之以「那等在季節裡的容顏」；為了強化「等」的波動，又須動用譬喻：「容顏和蓮花的開落」。由於前面有「等在季節」四字作準備，故知「蓮花的開落」不是一次性的，而是隨著季節的變遷周而復始，這就精準地呈現了「等『著』」的狀態。

　　這裡我們見識了「詩語決定詩意」的可能，由於「說的方法」充滿魅力，遂使「說的內容」取得意味。「我」和「你」之間，本來並無關聯，偶然交集，遂敲擊出「美麗的錯誤」。表面上看來，「我」是動態發訊者，「你」是靜態收訊者，我之忽來忽去使你的情緒一起一伏。實際上，你的情緒起伏也自成一種訊息，使我動心起意造句生詩。你和我交感互動，氛圍愈加迷離。

三　顛撲不破的美典

　　中間五行是詩的主體建築，其構成方式可以表述如下：

> A1：東風，B1：柳絮
> C：你底心，D1：城
> E：青石的街道
> A2：跫音，B2：春帷
> C：你底心，D2：窗扉

通過句法的有效安排，上述幾個元素像一串鞭炮，緊密連鎖，相互點燃。「東風」與「柳絮」的聯結是通過「具有因果關係的看比句式」（A不……，則B不……）；「你底心」與「城」的聯結則是通過比喻（D1用明喻，D2用暗喻）。這裡所有的意象都是圍繞著「妳底心」發展，它的基本情勢是「封閉」（enclosure），這種情勢曾被短暫打破，但終於更為穩定，所以起先說「如」（寂寞的城），後來說「是」（窗扉緊掩），由疑似到斷然，呈現了發展歷程。這種發展來自A與B的互動，東風＝跫音＝走過的我，柳絮＝春帷＝等著的你。當第一輪「東風」觸動「柳絮」，寂寞的心猶有所待；當第二輪「跫音」觸動「春帷」，心的窗扉卻不能開展了。

中間這一行（E），似乎只是第一輪的總結，實際上也可以視為第二輪的總結。我們可以假設：這裡省略了第六行，因為它將是第三行的重複。我們的閱讀程序是這樣：東風 —— 柳絮 —— 你底心 —— 城 —— 青石的街道；跫音 —— 春帷 —— 你底心 —— 窗扉 ——（青石的街道）。若以建築物視之，則中間一行有如高聳的樓塔，A1至D1以及A2至D2則附屬於兩側，我們對整體或兩側的觀看，皆受樓塔的影響。楊牧說，「青石的街道向晚」絕不是「向晚的青石街道」。收在「向晚」，富於漸近性和暗示性，彷彿可以想見視域之漸漸歸於夜黯。全段不收在「窗扉」，而收在「緊掩」，也有類似的好處。

四　古典詩意的再生

　　論者或謂這首詩是「用白話文寫成的古典詩」，因為它大量動用古典的語碼與情緒。如「東風」、「柳絮」、「春帷」、「窗扉」云云，皆屬傳統詩詞常見的意象，只能引起固定的反應。至於其主題和情調更是歷代文人所反覆吟詠，如王昌齡的〈閨怨〉：「閨中少婦不知愁，春日凝妝上翠樓；忽見陌頭楊柳色，悔叫夫婿覓封侯。」或如溫庭筠的〈憶江南〉：「梳洗罷，獨倚望江樓，過盡江帆皆不是，斜暉脈脈水悠悠，腸斷白蘋洲。」然而僅僅從上述兩例，我們也約略可以看出，文體轉換之際，情韻風格技法俱將隨之變遷。變詩為詞，猶然如此，何況是變文言為白話。因此，我們欣賞這首詩，可以特別注意詩人在句法上的特色，這裡既繼承了二、三〇年代新詩發展的成果，又有五〇年代的嶄新塑造，有助於擴大漢語抒情表述的系統。

　　在懷思者和被懷思者之外，「我」之直接介入，也是傳統閨怨詩少見的。經歷了中間五行的閃爍與緊張，結尾出以豁然開朗的揭露：「我達達的馬蹄是美麗的錯誤／我不是歸人，是個過客……」這又是道地的白話（包含刪節號），名副其實的，現代美典。

——選自《幼獅文藝》598期（2003年10月）

只有美麗，何嘗錯誤？
——從文理詩情的解析談鄭愁予的〈錯誤〉

郭鶴鳴

一　緒論

　　《文心雕龍・知音》說：「綴文者情動而辭發，觀文者披文以入情，沿波討源，雖幽必顯。世遠莫見其面，覘文輒見其心。豈成篇之足深，患識照之自淺耳。」劉彥和在這裡所說的當然只是一般的狀況，有些文章由於作者刻意隱晦，或只寫給特定的人去看，除卻這個特定者，外人恐怕是很難索解的，李義山很多無題詩連元遺山也要大歎「獨恨無人作鄭箋」。但是除開這一類特殊篇章，一般的作品，只要是好的作品，它一定具備在藝術上相當良好的完成度，作者必然在他所使用的語言形式上賦予足夠的訊息容量，使訓練精良的讀者能夠藉著這些訊息的傳譯，充分領會作者想要表現的意義，也就是說一個優秀的欣賞者總是足夠敏銳的，總是可以通過文章理路探訪尋繹作出相應而體貼、清明且透澈的分析，在文路上披荊斬棘，破除不相干的葛藤，最終與作品的真旨覿面相遇，真正和作者的用心心心相印，這就是劉彥和所說的：「沿波討源，雖幽必顯」。他又說：「綴文者情動而辭發，觀文者披文以入情」，在此「情」字應當只是概括性的說法，以「情」來總括「理」與「事」，含攝各體文章的內容與旨意。因為文章之體，除抒情之外，還有記敘與論說。記敘文寫事，一件事

即使再怎麼複雜，也總是在時間、空間所設定的經緯度上進行，總可以在時空的定位上勾勒出事情的原委；抒情文言情，感情之發展與表現縱然有千變萬化，但總也有些蛛絲馬跡可以探尋；論說文講理，議論也好，說明也好，總有一定的邏輯推展與理路演繹，使我們可以追蹤到作者思維的進程。所以不管什麼文章，沿波可以討源，躡影足能追蹤，作者用心用意之所在，必然是可以通過對作品之剖毫析釐，而清清楚楚地予以展現的。

　　以下我們就選擇鄭愁予的名作〈錯誤〉一詩詳細剖析，藉語言形式所投射出來的訊息，以把握此詩之文理脈絡，從而探訪作者詩情的設計與意義的架構。固然希望不放過作品在語言形式上所透露的任何訊息，但同時也希望在解讀破譯上避免過度的「深文羅織」，使詮釋變質而成為真正的「捕風捉影」，導致不能自圓其說。最後在此一詮釋與剖析的基礎上，再舉黃維樑先生不同的詮釋觀點略作討論，以資對照與比較，這樣詩人之心也許就可以顯其幽微而如在眼前了。

二　本論

　　在這一節，我們將依詩中所示現的重要訊息，提綱挈領地列出幾個問題，來作為分析與詮釋時主要的關注焦點。

　　仔細玩味〈錯誤〉這一首詩，如果要通過語言的形式去尋繹作品的意義，我們認為底下幾個問題值得特別注意：

一、何以首節兩行比二、三節都低出兩格？

二、「等」與蓮花之「開」、「落」傳達出什麼樣的訊息？

三、從「你底心如小小的寂寞的城」到「你底心是小小的窗扉緊掩」，訴說了怎樣的情感歷程？

四、第二節譬喻的意義何在？是否具備一種敘事性的層遞推展？

五、「錯誤」何以能說成「美麗」？「美麗」只是一個無關緊要的
　　形容詞而已嗎？

六、「歸人」與「過客」有什麼區別？

七、這一首詩除了抒情之外，它也有敘事甚至說理的成分嗎？

　　依照以上這些問題的提挈，我們就按順序對這首詩加以分析：

（一）

　　無論作文或寫詩，最原始也是最基本的寫作方式應當就是敘事。
把一件事情由始至末原原本本地記述下來，事情本身就包含足夠豐富
的東西，要人物有人物，要地點有地點，要時間有時間。人在事中，
豈能無情？這就可以抒情；有了感情，進一步就會觀照、會反思，引
申出一些感受與觀點，這一來就順理成章地可以針對其事講道理、作
議論，分辨是非然否。因此就寫作而言，最自然同時也是最便於發
揮、涵蓋面向最寬闊的文體莫過於「記敘」。鄭愁予的〈錯誤〉，其書
寫方式之本質正是記敘，儘管我們在詩中可以感受到濃厚的抒情意
味，也可以經由詩歌之欣賞領略到深刻的理趣，得到相當程度的啟發
或解悟，但它基本上仍然是一首敘事詩，幽幽地訴說著一女一男其實
不能算是「錯誤」的「美麗」愛情故事。

（二）

　　整首詩分成三節，第一節雖僅兩行，卻可以看成整個愛情故事的
縮影，類似《詩經》傳注中的「小序」。

　　楊牧早已指出「愁予深知形式決定內容的奧妙」，他說：

　　　鄭愁予的節奏是中國的，非英語節奏所能替代。長句如「那等
　　在季節裡的容顏如蓮花的開落」，講求的是單音節語字結合排

比的「頓」的效果，並以音響的延伸暗示意義，季節漫長，等
候亦乎漫長，蓮花的開落日復一日，時間在流淌，無聲的，悠
遠的。[1]

「形式」既然「決定內容」，則首節兩行之刻意低出兩格，表現
在內容的意義上，遂有「小序」之於《詩經》作作為詮釋綱領的指點
作用。過去有一種說法，指出「我打江南走過」與「那等在季節裡的
容顏如蓮花的開落」，兩句在句法上一長一短，「我打江南走過」之短
促，表示男人路過江南，步履匆匆；「那等在季節裡的容顏如蓮花的
開落」屬十五字之長句，則隱喻女人等待之漫長。這種說法顯然是來
自楊牧的啟發，但是我認為這樣的解讀有部分似乎還可斟酌。蓋既說
「容顏如蓮花的開落」，蓮花之「開」以喻好之容光煥發，情思騷
動；蓮花的「落」以喻女子之顏色晦暗，心境慘淡。在「開」與
「落」之間，誠然需要一段不算短暫的時間，然而男子之來到江南，
就詩意來推敲，究其實則似乎也不是那麼步履匆匆、純屬路過而旋即
離去的。他在暮春三月來到營飛草長的江南，受到那在等待中的女人
的吸引，於是他駐足逗留，甚至他試探過，且是一再地試探，但是他
發出去的聲音並沒有迴響；他彈出了心弦的愛戀與嚮慕，卻完全聽不
到對方感情上的應和，也引不起對方的合奏與共鳴。於是他最後只好
頹然承認，他對這個女人的愛慕是一個「美麗的錯誤」，他畢竟不是
她真正等待的「歸人」，而終究只是個偶然路經的「過客」而已。

「江南」煙水迷離，花紅柳綠，無論誰真實世界或是文學天地
中，都是充滿浪漫氣息而足以讓愛情滋長的地方。在這首詩中，「江
南」在背景意義上就十足具有作為愛情事件產生之處的象徵，而不必
然是一個特指的固定地域。「我」偶然路經江南，江南本非「我」預

1　鄭愁予：〈鄭愁予傳奇／代序〉，《鄭愁予詩選集》（臺北市：志文出版社），頁 12。

期居止停留之所，然而「我」恰巧有所遇、有所見。「我」遇見了「她」，「她」在三月的江南呈現為「那等在季節裡的容顏」。三月的春日是令人情思騷動的季節，三月的江南更是令人情思騷動的地方，於是「她」在江南三月的春日裡遂有了情思騷動的等待。詩中刻意用「容顏」來代替人，突出地刻劃出女人在等待的情思，那眉梢眼角，那一顰一笑，都洩露了她在等待的秘密。「如蓮花的開落」運用譬喻記述出一個過程——由蓮花之開一直到蓮花之落。作者取象於「蓮花」，這自周敦頤以來，就被賦予玉潔冰清美好形象的花卉，其開也引人悠然意遠，遐思繽紛；其落也令人惋惜無限，黯然魂銷。一開一落，一個動人的愛情故事就這樣展開了，也這樣結束了。

（三）

第二節有五行，作者傾其全力在這五行中分兩個階段描繪「她」的內心世界。五行之中，前三行中與後二行在形式與技巧上似乎相當接近，但是我們認為近似的只是屬於外部假象的形式與技巧而已，在內部的實質意涵上，則由於層遞與升降的修辭技巧之運用，已然產生出相當明顯的變化與落差。

前三行敘述的是男人初遇女人：在男人第一眼之中，女人無疑是極美麗、極亮眼的，只有盛開的蓮花才堪比擬，正因為如此，所以男人無可避免地受到吸引，他開始試著去接近她。

想像中江南的三月，花正紅，柳正綠，春風也正柔柔地吹拂著，好似對萬物充滿愛憐的撫觸。怎麼竟然會如作者所描寫的「東風不來，三月的柳絮不飛」呢？所以我們必須這樣看：所謂「東風不來，三月的柳絮不飛」，僅僅是一種虛擬性質的描寫，寫的完全是在男人接近女人之後，對於女人自我壓抑的心境的一個感覺，把這種因季節引起的情思騷動、期待盼望，然而卻無可寄、無所託的壓抑感覺，透

過巧妙的象徵式手法表現出來,如此而已,並不是三月的江南真的沒有東風,沒有飛舞的柳絮。相反的,江南的三月正是東風頻吹,柳絮迎風而漫天飛舞的季節,是極能恣肆地動人情思的季節。無奈的是女人老早心有所屬,情有獨鍾,所以她雖然在情思騷動中感到「寂寞」,但是對於其他的男人,她還是有意地把她的心圈起來、圍起來,宛如一座「小小的城」,「城」取象於其心之四面封閉,「小小」則示意其心之再無空間可以容納;她雖然身影孤獨而內心凄涼,但是對於其他的男人,她卻刻意地讓她的心冷冷的、硬硬的,暗暗淡淡的,像極了「青石的街道向晚」。這裡若是寫成「向晚的青石街道」,固足以形容其心之冷冷硬硬、凄涼暗淡,但是唯其把「向晚」置之句末,使時態維持在暮色持續的漫延之中,才能把女人情思中那一縷堅執固守、持續抵拒的幽闕心態作最飽滿的表現,使得時態與心態兩相交織、彼此滲透而至於融洽無間的程度。所以,儘管事實上江南的春日裡,春風一直在溫溫柔柔地吹拂著,但是在她封閉如城的心境下,卻宛如「東風不來」而渾然無覺,或者不願意去感覺;儘管三月的江南,柳絮漫天遍野的到處飛飛舞舞,但是在她防守抵拒的情思中,卻好像「三月的柳絮不飛」而一無所見,或者故意視而不見。如此一種女人幽微心境的透析,如此一種女人曲折情思的繞射,方才是隱藏在這一節前三行字裡行間,或文字背後的奧祕與底蘊。

　　其次,男人雖然試著去接近她,想要引起她的注意,卻發現她的心「如小小的寂寞的城」,而且「恰若青石的街道向晚」,原來她把自己封閉起來,她讓自己暗暗淡淡、冰冰冷冷,這是有意要讓想要接近她、追求她的人碰釘子,好使他知難而退。但是,這男人並不曾一下子就退卻,他還是一而再、再而三地嘗試,此節後二行寫的就是他再三嘗試的結果。

　　詩句說「跫音不響」,事實上這個男人蹀蹀躞躞,已不知道在這

女人的窗前來來回回地出現過多少次了，她必然聽得到他的腳步聲，但是她當然也清楚地知道，這根本不是她一心等待的心上人，她那所熟悉的腳步聲。「跫音」、「腳步聲」當然只是一種象徵，代表一切她所熟悉的屬於她心上人的「東西」，可以是習慣性的小動作，可以是身上毫不起眼的小佩件，但是作者偏選用了「跫音」，這真是精細貼切到無可取代了。試想：一個人的腳步聲是好辨別的嗎？連腳步聲都可以清楚分辨出來是不是「他」，其用情之深也就可想而知，在她心中，他的地位又豈是其他男人所能輕易取代得了的？所以，這裡的「跫音不響」在文心的設計上乃是回環相扣的，單用一句即表現了雙關的兩層效果：就女人的角度來說，她所屬意之人的腳步聲真的不曾響起，然則「跫音不響」真乃寫實；而就男人的角度來說，這男子的腳步聲一回又一回地響在她的窗外，只是女人卻總置若罔聞！然則「跫音不響」適成虛擬。

雖然老早聽到了腳步聲，她卻知道那分明不是心上人的腳步聲，故而置若罔聞，所以雖在三月的江南，對女人而言，窗外並沒有爛漫的春光，並沒有依依撲人的楊花柳絮，她無情無緒，連春帷都不想揭開。因此，男人之嘗試接近，男人之徘徊窗前，完全沒有得到女人的任何回應，他終於清楚地認識到：「你底心是小小的窗扉緊掩」，女人的心就像那一扇緊緊掩閉的窗扉，不可能再敞開來容納另一個男人了！「你底心是小小的寂寞的城」和「你底心是小小的窗扉緊掩」當然都是譬喻，但是仔細推闡深究，則我們可以發現其中的分別並不在小。這兩個句子喻體都是「你底心」，但是喻詞、喻依都不同，在某些情況下喻詞用「如」或用「是」並不會造成太大的差別，然而在這裡前一句「你底心是小小寂寞的城」，喻詞用「如」，後一句「你底心是小小的窗扉緊掩」，喻詞用「是」，感覺上用「如」表示似如、好像，喻體和喻依之間終是隔著一層，而用「是」則在表意上更為直

接，喻體和喻依之間根本是渾然無別的，它所營造的效果比用「如」無疑更見強烈。再者，我們把「小小的寂寞的城」和「小小的窗扉緊掩」兩個喻依對照比較，我們會很容易地發現：「小小的窗扉緊掩」比「小小的寂寞的城」在意象格局的表現上，其空間更形狹窄，其形態也更見封閉，而「緊掩」二字擺在最後，尤足以生動而有力地表達這女人在感情上被試探之後，一意地固守堅拒的態勢。所以，「小小的寂寞的城」只是男人最初試著接近女人時，對女人心情的感覺；「小小的窗扉緊掩」卻是男人一再試探，努力傳達自己的情意後，女人還硬是把自己的心房嚴嚴緊緊地封閉，密密實實地掩蓋的冷酷事實。二者之時固非一時，二者之事亦非一事，在詩中雖僅僅隔了兩行，可是其間已經有很多的事情發生過了，只因為作者文心深細，文筆巧妙，竟可以藉著兩個單純抒情的句子就不落痕跡而飽滿無憾地達到層層推遞的敘事效果，真箇餘味曲包，令人含咀不盡。

（四）

　　第三節只有兩句，而短短的兩句之中，其實蘊藏著相當深刻的悟境。

　　《詩經‧關雎》說：「窈窕淑女，寤寐求之」，一個男子看到自己所喜歡的可愛女人，因而想接近她、追求她，這是很自然，同時也是很美好的一件事。但是如果經過試探，表達過愛慕之意，而對方卻因另有所愛而深閉固拒，不能也不肯接納男子的情意，這時男子就應該知所進退了。因為在男女愛情之中，一己主觀的愛慕情意還需要諸多客觀的因緣來配合才見圓滿，而對方的接納正是種種客觀條件中最為重要的。既然女子另有所愛，並決心為自己所愛，對其他的男人嚴密地封閉心扉，不揭春帷，而寧願在寂寞與淒冷之中繼續等待，那麼男子就應該有一種豁達的體貼，敬重女人的堅貞，也尊重女人的選擇，

而願意承認自己的「錯誤」並瀟灑地離去。

　　馬蹄達達，那是男子從江南走過的腳步，也是在女子窗前踟躕再三的跫音，但「我達達的馬蹄」，既然因為緣遇不諧而成了「美麗的錯誤」，那麼我便只能認命認分，好受自己之不能成為「歸人」，而終究只是一個「過客」而已。所謂「美麗的錯誤」是相當值得深入玩味的，錯誤如果是人為的缺憾，是不懷好心、缺乏善意，是令人俯仰有愧，令人羞，令人恥，令人神明內疚者，那麼這種「錯誤」豈能再說是「美麗」？唯其女子堅貞，男士豁達，君子淑女之間未能撞擊出愛情的火花純是為了因緣不諧、機遇不巧、時地不對，而絕非什麼道德上的過失、操守上的瑕疵，這樣的「錯誤」才能說「美麗」，因為它不是真正的罪惡、過錯，而只是令人深感遺憾的無奈，一種屬於命運上只能悲憫憐恤，只能扼腕歎息而無可如何的無奈而已！

　　引而申之，不僅愛情，事實上人間萬事，包括人與人之間的種種遇合，除了主觀的意願與努力之外，都需要諸多客觀條件來配合，對於這一點，我們應該要有清明的認識。因此碰到事有不諧，我們寧可放下自己之所求所願，而成全別人的所求所願，以自己的小缺憾來成全別人的大圓滿。詩中的男子以自己之豁達成全了女子的堅貞，既令女子的專情得到圓滿，也因此使自己顯得風采瀟灑，這何嘗是什麼錯誤？這乃是真正的美麗！

三　餘論

　　愁予詩風行一時，〈錯誤〉一首也早已成了中學國文課本的選文，這一首詩歷來分析詮釋者頗不乏人，然而仁者見仁，智者見智，而未能盡愜人意的說法亦往往可見。本來「詩無達詁」，古人也說「作者未必然，而讀者何必不然？」所以對於同一首詩作種種不同的

解讀，本亦理所應有，又何足詫怪？因之本節所作的討論，意不在執一定之說以是己而非人，只是舉出一種不同的詮釋觀點，作為參觀對照之用罷了。

黃維樑先生《怎樣讀新詩》書中有一節談鄭愁予的〈錯誤〉，黃先生說：

> ……楊牧為《鄭愁予詩選集》寫的長序〈鄭愁予傳奇〉，便用了四分之一的篇幅，疏釋稱讚此詩。最近則有水晶的詩話，說這首〈錯誤〉「美麗淒哀」，「堪與宋詞小令相提並論」。
>
> 水晶先生認為詩中的女子和「我」兩人交臂錯過，而「錯誤的形成，只因為少女的心扉緊掩；或者，她另有所盼，另有所期，詩人遂在交臂錯過驚艷的一刹那，在少女眼中，『不是歸人』而『是個過客……』了。」從這段分析來看，水晶先生顯然認為錯誤是因女子而起的；換言之，她在詩中採取了主動。
>
> 筆者則別有看法。騎馬走江南的「我」才是主動人物。「我」透視了女子的內心世界，不但知道女子此刻在寂寞中等待，更知道她已等待了一段綿長的日子（所以才說「那等在季節裡的容顏如蓮花的開落」）。「我」對女子知道得這樣清楚，由此讀者可推知二人的關係，一定非常密切。「我」會不會就是女子日日所盼望的「歸人」呢？
>
> 「我」就是女子日日所盼望的「歸人」，是極有可能的。讀者不妨設想這樣的一個故事：「我」與女子分別後，騎著馬周遊江南。女子在寂寞中盼望著「我」回來，這是「我」深深知道的。她時刻留意青石道上的跫音，準備隨時迎接歸人。終於，「我」騎著馬回來了。對她而言，這蹄聲是美麗的，因為日日盼望的人兒歸來了。然而，「我」只是路過而已，「打江南走

過」，而不停留。她誤會了。讀者可以想像得到，她自然又失望，又傷心。這個「美麗的錯誤」是「我」一手造成的，本詩以「我」的動作開始，以「我」的聲明作結。這個「我」君臨全詩，控制了女子感情的起伏。「我」捉弄了她，好像上天捉弄人。[2]

黃先生這樣的詮釋觀點當然和我們大異其趣。為什麼黃先生會這樣看呢？他引愁予其他詩作來作為旁證：「鄭愁予情詩中的男人，多喜操縱女子，表現出無上的威嚴。〈情婦〉所寫，就是這種行為：（下引〈情婦〉一詩，略）『我想，寂寥與等待，對婦人是好的』和『因我不是常常回家的那種人』兩行，無疑是有力的旁證，加強了筆者上述看法的可信性。鄭愁予另一首詩〈窗外的女奴〉，也對筆者的詮釋有利。此詩有一段是這樣的：『我是南面的神，裸著的臂用紗樣的黑夜纏繞。於是，垂在腕上的星星是我的女奴』，鄭氏詩中的男人，有若古代的帝王，操縱了妃嬪的愛情。天子風流自賞，到處拈花惹草，而她們則在冷清寂寞的悠長歲月中，空等著御駕的臨幸。」[3]

愁予喜歡攀登崇山峻嶺，航行大洋大海，跋涉邊陲荒野，作品中時而表現一種浪跡天涯的蕩子心態，此為讀愁予詩者人所共知，但這一種浪蕩心態充其量只能看作對自由的嚮往，而不可認之為對男女關係的不負責任、對愛情的操縱甚至玩弄。如依黃先生所論，則〈錯誤〉詩中的男人豈非視那痴痴等待中的女子如無物？他遠遊江南，明知她寂寞淒涼而猶不肯言歸，即使久而歸來，也只肯路過，根本無意入門，刻意造成女子的誤會，使她在盼望落空下更加傷心失望，甚至還以自己造成這樣的「錯誤」為「美麗」，為自己能夠在感情上捉弄

---

2 黃維樑：《怎樣讀新詩》（臺北市：五四書店，1989 年）。

3 同前註。

了她而沾沾自喜！

　　我們當然不能認同這種詮釋觀點，主要是因為這樣的看法實在使「錯誤」一點都不「美麗」，不但絕不美麗，甚至還非常之令人厭惡痛恨，人而如此，不詈之為感情之虐待狂不可，而竟將之筆於詩，欲其傳唱千古，這恐怕絕非愁予之所以為愁予吧！

　　　　　　——《人文及社會學科教學通訊》15卷4期（2004年12月）

鄭愁予〈錯誤〉篇章結構分析

李孟毓

一　前言

　　詩人余光中以「浪子」稱呼鄭愁予。而〈錯誤〉這首作品也是作者最具浪子意識的代表作之一。雖然描寫的是「閨怨」的中國古典詩歌舊主題，但作者卻別具新意，透過浪子的角度來敘寫女子閨怨的期待及落寞，從另一方面展現體貼的關懷。詩中並運用許多古典詩歌的語彙，如江南、蓮花、東風、柳絮、春帷、向晚、馬蹄等意象，將古典與現代巧妙地鎔鑄。因此本文試以篇章結構的角度來淺析這段「美麗的錯誤」。

二　內容結構探析

　　內容結構分析，可分為外圍成分與核心成分，陳滿銘在〈篇章的縱向結構與章法〉文中提及：

> 篇章結構包含內容與形式，而內容結構卻含核心與外圍兩大部分，其中核心成分，及一篇或一章之主要主旨，它如安排在篇章之內時，都以「情」語或「理」語來呈現；至於外圍成分，則指所用的具體材料，是用「事」語或「景」（物）語來表現

出的。[1]

以下即就〈錯誤〉一詩分別分析探討外圍與核心成分：

（一）核心成分

在賞析〈錯誤〉時，了解其篇旨與內容結構的關係是深入全詩核心的重要關鍵。

1 篇旨安置於篇末

文章主旨出現在篇末可以一筆收束全文，也可深化主題，達畫龍點睛之效。這首作品在詩題已揭示主旨「錯誤」，在詩序又引出線索「那等在季節裡的容顏如蓮花的開落」，詩末點出「我達達的馬蹄是美麗的錯誤」，以「反襯」技巧來表達反常合道的啟發性。本詩一直圍繞著「錯誤」這個主題作取材布局，思想脈絡也一脈相承。

2 篇旨顯中有隱

陳滿銘曾云：

> 作者處理詞章主旨，有時雖把表層部分明顯作表達，卻將它深一層或真正部分隱藏起來，如果要掌握這種顯中有隱的主旨，便得下一番審辨的功夫。[2]

初看〈錯誤〉一詩，表面上是在敘寫女子因期待落空而造成美麗的錯誤。但如果仔細探究全詩，詩中是以一個過客（我）的觀點，來觀察思婦（你）的心情變化。而思婦的心情之所以會產生劇烈的變化

1　《章法學新裁》（臺北市：萬卷樓圖書公司），頁 529。
2　《篇章結構學》（臺北市：萬卷樓圖書公司），頁 238。

而造成美麗的錯誤，主要是由於女子思念歸人之深，也可以說女子堅貞地期待良人歸來，所以造成龐大的寂寞及失落。所謂「希望愈大，失望愈深」。所以作者表層是在寫女子發現自己期待落空所造成美麗的錯誤，但其實深層的主旨是表達女子無比的堅貞和無盡的寂寞。這點與傳統閨怨詩的主題是暗合的。

（二）外圍成分

之所以要探討作品的外圍成分，乃是要了解運材及義旨的關係。以下即就本詩中具代表性的物材及事材探討其與義旨的關聯。

1 事材

（1）浪子流浪──過

「浪子意識」一直是貫穿鄭愁予作品的主題。如他的詩作中「孤飛的雁是愛情的隕星」[3]「別離的日子刻成標高，我的離愁已聳出雲表了。」[4]而浪子予人的形象是落拓不羈，充滿漂泊之感。過客或許會為某些人事物停留，但通常是短暫的停留，甚至是「過而不留」。在本詩中作者明白點出「我打江南走過」、「我不是歸人，是個過客。」所以詩中的「我」是抱著沒有歸宿心態的浪子。他的狀態是匆匆而「過」。

（2）思婦等待──歸

「閨怨」題材是到處可見的，如臺灣的民謠〈望春風〉：「聽見外面有人來／開門加看覓／月娘笑阮憨大呆／被風騙不知」。就是在描寫痴心女子期待落空的失望。

3　〈黃昏的來客〉，《鄭愁予詩集》（臺北市：洪範書店），頁 26。
4　〈雪線〉，《鄭愁予詩選集》（臺北市：志文出版社），頁 151。

　　〈錯誤〉詩中的女子（你）處於漫長等待的狀態。鄭愁予的另一
首詩〈情婦〉可與之作一對照。「我想，寂寥與等待，對婦人是好的
／所以，我去，總穿一襲藍衫子／我要她感覺，那是季節，或／候鳥
的來臨／因為我不是常回家的那種人。」[5]這是傳統女子堅貞而寂寞
的形象，這種思婦的形象在中國古典詩詞亦多常見，如溫庭筠的〈望
江南〉：

> 梳洗罷，獨倚望江樓，過盡千帆皆不是，斜暉脈脈水悠悠，腸
> 斷白蘋洲。

　　詩中的女子「獨倚望江樓」，一個人獨自面對時空的寂寥，不斷
地盼望「良人的歸來」。思念到最深的境界是「腸斷白蘋洲」。
　　又如李白的〈菩薩蠻·閒情〉：

> 平林漠漠煙如織，寒山一帶傷心碧，暝色入高樓，有人樓上
> 愁。玉階空佇立，宿鳥歸飛急，何處是歸程，長亭更短亭。

　　透過文字將女子的閨怨之愁以情景的方式呈現，最末以「鳥歸人
不歸」將全詩的愁緒逼到最高點。
　　在閨怨詩中常見作者安排「歸」、及「不歸」的脈絡。在〈錯
誤〉一詩中，「歸」（思婦的盼望）是本詩的一條從線，與另一條主線
「過」（浪子的不羈）形成主從錯綜的結構，也形成一種對比的美麗
及反常合道的美感。

5　《鄭愁予詩選集》（臺北市：志文出版社），頁 151。

2 物材

（1）思婦

思婦是中國「閨怨詩」的主要形象。如王昌齡〈閨怨〉：

> 閨中少婦不知愁，春日凝妝上翠樓。忽見陌頭楊柳色，悔教夫
> 婿覓封侯。

以春日陌頭的楊柳青青反襯少婦無人陪伴的悲愁，點出功名富貴的虛幻，只有兩人能相守才是最真實的存在。

又如李白〈玉階怨〉：

> 玉階生白露，夜久侵羅襪，卻下水晶簾，玲瓏望秋月

以夜深來暗示「幽獨」之苦，以人伴月暗示無人相伴之孤單。

簡單地說閨怨詩的模式可歸納為：別離──盼望──孤單。別離可能是因為良人出外經商，或許是為國征戰，也有可能是良人另有所屬而產生無情的離棄。盼望是因為堅貞地相信良人一定會歸來，而孤單是因為過高的希望所帶來的失望孤獨。

〈錯誤〉詩中運用以下意象來象徵「思婦」：

＊蓮花

詩詞中常以「蓮花」來比喻女子，如余光中的名篇〈等你，在雨中〉：

> 步雨後的紅蓮，翩翩，你走來／像一首小令／從一則愛情的典
> 故裡你走來／從姜白石的詞裡，有韻的，你走來

全詩以蓮花代表女子，寫主角在風雨中靜候女子的心境變化。將女子嬝娜娉婷的韻味刻劃得非常巧妙動人。

而蓮花也代表堅貞、高潔的義涵。如周敦頤〈愛蓮說〉：

> 予獨愛蓮之出淤泥而不染，濯清漣而不妖，中通外直，不蔓不
> 枝；香遠益清，亭亭淨植，可達觀而不可褻玩焉。

以蓮喻人清新、高潔而堅貞的氣質。

另外，「蓮」與「憐」同音，故「蓮」即惹人憐愛之意。作者以蓮花喻女子來暗示女子的柔弱及可憐的特質。如晉吳歌謠〈子夜歌〉：

> 伊昔不梳頭，秀髮披兩肩，婉轉郎膝上，何處不可憐。[6]

將女子嬌弱，惹人憐愛的情狀表現得淋漓盡致。

＊柳絮

即柳棉，裡面包蘊著柳樹的種子，成熟時會隨風飛揚而採種，如《世說新語》言語篇「未若柳絮因風起」，在此柳絮象徵女子的心緒，隨著良人的一舉一動或沉寂或飛揚。此外，「柳」與「留」音近，如漢人遠行，於灞橋上折柳送別，即有希望對方留下之意[7]。對照於女子的心思，應是希望良人能常相左右，永不分離。

＊春帷

女子室內之帷幕。李白〈春思〉：

> 燕草碧如絲，秦桑低綠枝，當君懷歸日，是妾斷腸時，春風不
> 相識，何事入羅帷。

象徵女心如石，堅貞自守之意，女子心中的帷幕除了蓮花真正的

6　郭茂倩：《樂府詩集》（臺北市：里仁書局），頁641。
7　見魏聰祺：〈鄭愁予錯誤賞析〉，《國教輔導》41卷5期。

所愛，並不會為任何人揭開。

（2）歸人

即「良人」，在古時由於傳統禮教的約束，女子通常終身只依託於一人，而良人若遠行或將女子遺棄，便產生「閨怨」的題材。〈錯誤〉詩中提到的「歸人」意象如下：

＊東風

春季吹拂的風。春天時東風一吹，大地由蕭條轉為榮盛。辛棄疾〈青玉案〉：

> 東風夜放花千樹。更吹落、星如雨。寶馬雕車香滿路。鳳簫聲動，玉壺光轉，一夜魚龍舞。

而東風之於百花，就像良人之於女子。只要良人一日不歸，女子的春天就永不到來。

＊跫音

腳步聲，行人之聲。《莊子》〈徐无鬼〉：「聞人足音跫然而喜矣」。古代女子由於禮教之防，若家中男子不在，即使是等候歸人，也不能門戶洞開。所以詩中的女子必是門戶重掩，以聽覺代替視覺等候良人的歸來，而「跫音」腳步聲就是得知「良人」歸來的先兆。讀者可以透過想像，勾勒一個女子靜坐屋中，側耳傾聽等待她最熟悉也最盼望的腳步聲響起的一幅圖畫。

（3）過客

達達馬蹄：馬是古代男子常騎乘的工具。騎馬與坐轎相較之下多了幾分情采飛揚的瀟灑之氣。如孟郊〈登科後〉：

> 昔日齷齪不足誇，今朝放蕩思無涯。春風得意馬蹄疾，今朝看盡長安花。

在〈錯誤〉中的馬蹄聲由遠而近,為女子帶來了希望,卻又由近而遠,造成女子希望的落空。作者經營「達達馬蹄」的意象,塑造過客的瀟灑不羈,落拓不群的形象。但這與思婦期待的「歸人」形象完全相反,於是便產生「美麗的錯誤」。

(4)空間:江南→城→青石街道→窗扉

＊江南

暮春的江南是雜花生樹,鶯飛草長的。白居易的〈憶江南〉:

> 江南好,風景舊曾諳。日出江花紅勝火,春來江水綠如藍。誰不憶江南?

可是這個絢麗的時空卻更反襯出「斯人獨憔悴」。突顯了女子的孤寂無伴。

＊城

古代的城有護城河,如《禮記‧禮運》:「城郭溝池以為固」,是易守難攻的。在此作者以「小小的城」來比喻思婦「寂寞而堅貞的心」,表示思婦有自我約束的道德教條,除非良人來歸,否則她是心如止水,不隨意接納其他男人。

＊青石街道

「青石」在此有濃濃的詩意及古意。又石頭的堅硬恰能與思婦的堅貞作呼應。「向晚的青石街道,少有行人,寂寞可知。比較『青石的街道向晚』與『向晚的青石街道』,前者有時間延續的寂寞感,彷彿由空間(青石的街道)延向時間(晚),寂寞隨之無止盡地拉長。後者則只點出黃昏的青石街道,以一景喻一情而已。」[8]

---

8 蕭蕭:〈情采鄭愁予〉,《國文天地》145 期。

＊窗扉

窗扉意象常出現於女子閨房，用來敘寫女子的生活，或是將窗扉
當成是一個媒介，讓讀者藉由窗扉來觀看女子的心緒。古詩十九首
〈青青河畔草〉：

> 盈盈樓上女、皎皎當窗牖。娥娥紅粉粧、纖纖出素手。昔為倡
> 家女、今為蕩子婦，蕩子行不歸、空床難獨守。

〈錯誤〉詩中將女子的寂寞層層逼近，由「城」到「青石街道」
到「窗扉緊掩」，我們可見空間由大到小，漸次縮小，而思婦的寂寞
也隨之愈來愈濃。「窗扉緊掩」其實是「心扉緊閉」。作者在此匠心獨
運地以外在空間象徵心靈空間，且一層層地將空間縮小，女子的寂寞
也一步步地濃縮到最深最濃。

（5）時間

＊季節：指時間、歲月。春夏秋冬四季的遞嬗轉換。在此用「季
節」，較「時間」具體，也比「日子」來得長。寂寞也在春夏秋冬不
斷地遞換中週而復始，綿綿不斷。

＊三月：是指暮春三月，此時時序已經是晚春，眼見一年當中最
美好的季節即將消逝，即將進入夏天。可是女子所盼望的東石（良
人）卻遲遲未出現。思婦的「春天」也將隨著歲月消失無蹤。

作者以「季節」、「三月」的時間意象，暗示好所盼未歸的寂寞。
由此可見詩人在時間鋪排上的用心。

三　章法結構分析

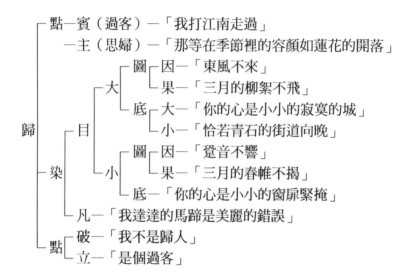

　　本詩的主要運用「點染點」的方式來架構全文。第一小節的兩句「我打江南走過／那等在季節裡的容顏如蓮花的開落」是低兩格書寫，詩人蕭蕭對此有獨到的見解，他認為「這兩句扮演著『自序』『小序』的作用。」具有總括全文、提示意旨的效果，交待全詩發展的脈絡。並以「賓主」結構敘寫。詩中的「我」（過客——賓），在旅途中偶然經過江南的某個小城，「我」的馬蹄聲卻造成「你」（思婦——主）的期待及失落，進而造成美麗的錯誤，所以詩中寫道「容顏如蓮花的開落」，將思婦由喜轉悲的情景，以蓮花的開落來譬喻，可說是非常精巧貼切。

　　第二小節屬於「染」的部分。詩人傾力鋪染思婦的堅貞及寂寞，「你的心是小小的寂寞的城／恰若青石的街道向晚／你的心是小小的窗扉緊掩」根據黃永武的說法稱為「空間的凝聚」：

與空間擴張的說法相反，讓畫面由遠及近移動，先寫大景物而後縮至小景物，畫面移進來，使視野愈來愈細小，詩中的空間也就像凝聚起來一般，最後選擇一個空間的凝聚焦點，把精神集中在上面，給予特寫，使這個焦點分外突出。[9]

又仇小屏提到：

由大而小包孕式的空間設計，用大空間襯托小空間，最後會將焦點凝聚在小小的一點上，而「點」的特質又是相當迷人的。康丁斯基《點線面》即作了這樣的分析：「它的張力總是密集的……點是一個小世界，各個方向幾乎等距離地和它的周圍分開。」所以點有最強大的集中效果，可以將所欲強調的景物作最有力的強調，其美感是驚人的。[10]

　　詩中連用了三個譬喻句，將思婦的心緒用空間來表現，並且運用「大小法」設計了由大到小的空間，城→青石街道→窗扉，隨著空間的縮小，層層地將思婦的寂寞濃縮到「小小的窗扉緊掩」一點，讓讀者對思婦的堅貞更加感佩，也對她的寂寞投注更多同情。

　　在第二小節除了可以看見空間大小的層遞之外，我們可以更進一步以「圖底法」將之分為兩部分。「東風不來／三月的柳絮不飛」、「跫音不響／三月的春帷不揭」是暗喻女子的堅貞、寂寞之「圖」。接著作者以「你的心是如小小的寂寞的城／恰若青石的街道向晚」、「你的心是小小的窗扉緊掩」兩個「底」更具體說明「堅貞、寂寞之情」。從「東風不來」到「你的心是小小的窗扉緊掩」是屬於「目」的部分。接著以「凡」的方式點出全文的題旨「錯誤」，但這卻是一

9　《中國詩學——設計篇》（臺北市：巨流圖書公司），頁58。
10　《古典詩詞時空設計美學》（臺北市：文車出版社），頁93。

種「美麗的錯誤」，是一種無可奈何的結果。在這邊作者倒「果」為「因」採用「因果法」，在詩末才告知讀者那是因為「我不是歸人／是個過客」。運用「立破法」先破再立。而最後一句「是個過客」也與詩首的「我打江南走過」遙遙呼應，暗中帶出「過」的這條「主線」，並與思婦的「歸」的「從線」形成張力對比的美感。讀者讀到此，幽幽的嘆息已油然而生，也更能體會作者在詩中所要經營的「美麗的錯誤」這種反常合道的美感。

四　綜合分析

以下試以陳滿銘的章法四大律分析〈錯誤〉一詩：

1 秩序律

所謂「秩序」，是將材料加以整齊安排的意思，任何方法都可依循此律，經由「移位」（順、道）而形成其先後順序。[11]

〈錯誤〉一詩中運用了「先賓後主」、「由大而小」、「先因後果」、「先圖後底」、「先目後凡」、「先立後破」的結構，依序鋪寫浪子的匆匆而過、思婦的殷切等待，以及「過盡千帆皆不是」的寂寞。將本篇的主旨「錯誤」以一種符合邏輯秩序的方式巧妙地呈現在讀者眼前。

2 變化律

所謂「變化」，是把材料的次序加以參差安排的意思。每一章法依尋此律，也都可經由「轉位」而造成順逆的效果。本詩中的章法運

---

11 《篇章結構學》（臺北市：萬卷樓圖書公司），頁 25。

用「點染點」的結構，第一部分兩句扮演「敘述」全詩內容的作用，第二部分則「條分」成兩部分描寫思婦的心情，扮演著全文「主體」的作用。最末則畫龍點睛點出統攝全文的主題「錯誤」。第三部分較之第一部分而言，更加深入地再次「點寫」全文。如此層層往復，互相聯絡照應，為全詩造成秩序中有變化的美感。

3 聯貫律

所謂「聯貫」是就材料先後的銜接或呼應來說的，也稱為「銜接」。無論是哪一種章法，都可由局部的「調和」與「對比」，形成銜接或呼應。

本詩主要以「大小」、「因果」、「賓主」、「圖底」的章法在文中形成「調和」的關係。在調和之中，又以「思婦待歸」、「浪子卻過」形成「對比」的關係。詩材上，全部使用古典的意象來連貫成章，為這首詩經營出婉約又典型的氛圍。

又詩末「我不是歸人／是個過客……」是以刪節號作結。並無標上句點。這代表「美麗的錯誤」並不會因為這個過客的馬蹄聲的遠去而結束，女子若再聽到達達的馬蹄聲仍然會在心中興起欣悅期待之情，若馬蹄聲非屬良人，她依然會再一次的失落孤寂，在這樣周而復始的等待，作者將全詩的首尾加以聯貫，在聯貫當中，層層深化女子的愁緒。

4 統一律

所謂的「統一」，是就材料情意的通貫來說的。一般而言，辭章要達成統一，非訴諸主旨（情意）與綱領（大都指材料的統合）不可。

本詩的主旨主要在敘寫「美麗的錯誤」，作者匠心獨運地拈用古

典詩詞的素材來服務主旨。將整件因誤解而造成欣喜與失落的情事，統一地以「錯誤」的這個美麗概念來表達。

5 「多、二、一（0）」結構

同時，以「多、二、一（0）」結構分析，其物材、事材的秩序，相當於「多」；「歸」與「過」兩條主從線則是「二」，由局部的聯貫凝成一體「錯誤」（主旨）的統「一」，而詩中「閨怨」的風格即是「（0）」，也使得這篇文章表示出不同於其他現代詩的風格。

五　結語

透過篇章分析，我們更能深入去了解鄭愁予的情采，更經由義旨的探究，詩中的「浪子意識」、「思婦情懷」更顯得深刻動人。在過客達達的馬蹄聲漸行漸遠之際，詩中無盡的情味也在讀者的心中越烙越深，令人低迴不已。

——選自《國文天地》21卷6期（2005年11月）

「點鐵成金」「奪胎換骨」在現代詩中的應用
——以鄭愁予的〈錯誤〉為例

林翠華

一 前言

　　「點鐵成金」「奪胎換骨」法乃是宋人論詩所標舉的一種新理論，在許多相關研究學者的眼中，此二者是黃庭堅「江西詩派」的重要的詩歌理論之一。[1]然而其意義究竟如何，至目前為止仍相當隱晦，也因此影響到對黃山谷與江西詩派的評價，甚至有人認為「奪胎

1　著名學者具有權威性的文學批評史著作，諸如：劉大杰：《中國文學發展史》（臺北市：華正書局，1975 年）；朱東潤：《中國文學批評史大綱》（上海市：上海古籍出版社，1983 年）；羅根澤：《中國文學批評史》（上海市：上海古籍出版社，1984 年）；葉慶炳：《中國文學史》（臺北市：臺灣學生書局，1986 年）；袁行霈編著：《中國文學史綱要》（北京市：北京大學出版社，1992 年）；敏澤：《中國文學理論批評史》（長春市：吉林教育出版社，1993 年）；成復旺、蔡鍾祥：《中國文學理論史》（臺北市：洪葉文化，1993 年）；郭紹虞著：《中國文學批評史》（臺北市：五南出版公司，1994 年）；臺大中文所〔宋代文學與思想研討會〕主編：《宋代文學思想》（臺北市：臺灣學生書店，1989 年）；顧易生、蔣凡、劉明今著：《宋金元文學批評史》（上海市：上海古籍出版社，1996 年）；張健：《宋金四家文學批評研究》（臺北市：聯經出版公司，1975 年）；龔鵬程：《江西詩社宗派研究》（臺北市：文史哲出版社，1983 年）；莫礪鋒：《江西詩派研究》（濟南市：齊魯書社，1986 年）。以上諸書皆認為「點鐵成金」「奪胎換骨」是黃庭堅乃至於江西詩派所標舉的詩歌創作理論。

換骨」並非黃庭堅之說,[2]凡此種種,本文立基於原始文本,參考前人研究的成果再次辯正,並與西方之形式主義對照、結合,突顯「點鐵成金」「奪胎換骨」在創作理論上的價值[3],一個好的文學創作理論,可以不受時空的限制,通行於古今中外。宋代詩人可以「點鐵成金」「奪胎換骨」另創宋詩有別於唐詩的不同的風貌,現代詩人亦可以使用這種創作理論,借鑒古典而另有創新。鄭愁予的〈錯誤〉一詩,刻意使用古典詩詞中常見的意象,結合現代句式,鎔古典於現代,而成為相當成功的詩作,本文以〈錯誤〉一詩為解析文本,正好可以突顯「點鐵成金」「奪胎換骨」的適用性。

以下分為兩大部分來論述,首先是「點鐵成金」「奪胎換骨」的辨正,包括源起出處與定義說明,並與西方的形式主義相提並論。其次解析鄭愁予的〈錯誤〉,包括詩中的古典意象與現代語式,分析「點鐵成金」「奪胎換骨」在詩中如何被應用。

二　點鐵成金、奪胎換骨

雖然一般的文學理論批評史都認為「點鐵成金」「奪胎換骨」法乃是黃庭堅、江西詩派的重要的詩歌理論之一,然而對於此二首的義

2　黃景道:〈論黃山谷所謂「無一字無來處」——兼論「點鐵成金」與「奪胎換骨」〉,《中華學苑》第三十八期(1988 年);周裕鍇:〈惠洪與換骨奪胎法——一樁文學批評史公案的重判〉,《文學遺產》2003 年第 6 期;莫礪鋒:〈再論「奪胎換骨」說的首創者——與周裕鍇兄商榷〉,《文學遺產》2003 年第 6 期。以上諸文皆提及「奪胎換骨」的出處的問題,並對南宋至今諸多質疑、辨正加以論述。

3　梅祖麟、高友工:〈論唐詩的語法、用字、意象、導論〉,收入黃宣範著:《語言學研究論叢》(臺北市:黎明文化,1974 年);李錫鎮:〈詩話中「奪胎換骨」法的意義及其問題〉,《銘傳學報》1986 年第 3 期;吳淑鈿:〈江西詩派的理論架構——一個形式主義的考察〉,《中外文學》第 18 卷 12 期。

界與評價，卻仍有疑問與爭議，相關議題本文分以下幾個層面來討論：一、出處；二、定義；三、評價[4]。

（一）出處

「點鐵成金」「奪胎換骨」二詩法雖時常被相提並論，然其出處並不相同。「點鐵成金」語出黃庭堅〈答洪駒父書〉，見於黃氏別集，無人懷疑其出處。而「奪胎換骨」卻未曾出現在黃氏文集中，就現今所能見得的資料來看，出現時代最早記載最詳的，是北宋釋惠洪的《冷齋夜話》，且原名應為「換骨法」、「奪胎法」，因其意義隱晦，不易分別，後人引用時往往合稱為「奪胎換骨」。今分述如下：

1 點鐵成金

黃庭堅〈答洪駒父書〉：

寄詩語意老重，數過讀，不能去手，繼之以歎息，少加意讀書，古人不難到也。諸文亦皆好，但少古人繩墨耳。……語意甚工，但用字時有未安處；自作語最難，老杜作詩，退之作文，無一字無來處，蓋後人讀書少，故謂韓杜自作此語耳！古之能為文章者，真能陶冶萬物，雖取古人之陳言入於翰墨，如靈丹一粒，點鐵成金也。

---

4 郭玉雯：〈有關奪胎換骨法若干問題的討論〉，收入《宋代文學思想》（臺北市：臺灣學生書局，1989 年）；黃景道：〈論黃山谷所謂「無一字無來處」——兼論「點鐵成金」與「奪胎換骨」〉。郭文只論「奪胎換骨法」，提出五大疑問：一、是否為黃山谷所立；二、奪胎換骨二法之分界；三、所舉詩例是否符合；四在其他宋代詩話中的界定；五、奪胎換骨的意義為何。黃文綜合郭氏所言再增之裝，提出四個問題：一、「奪胎換骨」的義界；二、「奪胎換骨」是否為山谷之說；三、「奪胎換骨」是否即山谷所謂「點鐵成金」；四、「奪胎換骨」與「點鐵成金」的評價問題。

此書乃黃庭堅殷勤教誨後學寫作之筆[5]，指出其詩文的優缺點，並勸導多讀書、向古人借鑑學習。所謂「少古人繩墨」是說文章雖好，但不符合古人之法度，語意甚工，可惜用字時有未安之處，何以如此？因為「自作語最難」。在學習作文之初，總要向前代詩文中汲取各方面的營養，因此，借鑑前人語言並加以創新，不僅是文學發展的需要，也是作家文學創作過程中自我完善的需要[6]。所謂「陶冶萬物」是指創作者的主體精神之熔爐功能，「取古人之陳言」則是對文學傳統的繼承，「如靈丹一粒，點鐵成金」是學習、繼承之後而有的改造與創新，這與黃庭堅所標舉的「以故為新」互相呼應，可以說「以故為新」是黃庭堅作詩綱領，「點鐵成金」則是輔助之方。[7]創作文學若能在多讀書的基礎上，取其菁華，自鑄新詞，就能「點鐵成金」、「領略古法生新奇」（次韻子瞻子由觀韓馬）[8]。

論出處，「點鐵成金」見於黃氏文集，且與黃庭堅之詩論主張一致，故無人懷疑其出處。

2 奪胎換骨

惠洪《冷齋夜話》：

山谷云：詩意無窮而人之才有限，以有限之才追無窮之意，雖

5　與此書內容相近者還有〈與王觀復書〉可互相對照參考。

6　黃景道：〈論黃山谷所謂「無一字無來處」──兼論「點鐵成金」與「奪胎換骨」〉；劉銀光：〈點化：古典詩詞語言的借鑒與翻新〉，《菏澤師專學報》1996 年第3 期）。魏慶之《詩人玉屑》：「初學詩者，須用古人好語，或兩字，或三字。……要誦詩之多，擇字之精，始乎摘，久而出自肺腑，縱橫出沒，用亦可，鳥鷙亦可。」袁枚《隨園詩話》：「他之人未有不學古人而能為詩者。」

7　張輝誠：《黃庭堅詩美學研究》（臺北市：國立臺灣師範大學國文研究所碩士論文，2004 年）第四章。

8　劉友林：〈個性化：山谷詩的審美追求定位〉，《贛南師範學院學報》1996 年第 4 期。

淵明、少陵不得工也。然不易其意而造其語，謂之換骨法；窺
入其意而形容之，謂之奪胎法。

雖然《冷齋夜話》明言「山谷云」，且惠洪與黃庭堅亦有交誼，
但早自南宋起直至近代學者，一直有人懷疑這一段《冷齋夜話》的真
實性與準確度，所持理由大約有以下數端：一、認為「奪胎換骨」法
是蹈襲剽竊，和黃庭堅的詩論主張不符[9]；二、認為惠洪著作多偽
妄[10]；三、山谷各集中皆無「奪胎換骨」之語[11]；四、認為《冷齋夜
話》的這一大段，只有前三句（詩意無窮……不得工也）是黃庭堅所
說，「然」字以下是惠洪語。[12]

第一點，「奪胎換骨」是否為蹈襲剽竊？還是和「點鐵成金」一
樣，藉由學習而創新？這屬於定義與評價的範圍，後文另有論述；第
二點，惠洪著作雖多偽妄，但他與黃庭堅相交亦為事實，不能貿然以
別處有妄言，就驟然推論此段文字的真假；第三點，宋代有許多詩學

9　吳曾《能改齋漫錄》是最早提出這樣質疑的人：「予嘗以為覺範不學，故每為妄
　　語。且山谷作詩，所謂「一洗萬古凡馬空」，豈肯教人以蹈襲為事乎？」（見其書卷
　　十「議論」中）。

10　陳善《捫蝨新話》、晁公武《郡齋讀書志》、朱熹《朱子語類》、方回《瀛奎律
　　髓》、陳振孫《直齋書錄解題》、《四庫全書總目提要》、陳垣《中國佛教史籍概
　　說》、郭紹虞《宋詩話考》等等，皆主此說，欲詳知各家說法，可參考祝振玉：
　　〈「奪胎換骨」說質疑〉，《上海師範大學學報》1987 年第 1 期；熊一堅：〈「奪胎換
　　骨」之我見〉，《江西社會科學》1995 年 12 期。

11　近人以山谷各集中皆無「奪胎換骨」之語而懷疑《冷齋夜話》者，如祝振玉：
　　〈「奪胎換骨」說質疑〉；黃啟方：〈黃庭堅詩的三個問題——詩作分期、詩體變異
　　及詩論的建立〉，收入黃永武、張高評編著：《宋詩論文選輯》（高雄市：復文圖
　　書，1988 年），第三冊；周裕鍇：〈惠洪與換骨奪胎法——一樁文學批評史公案的
　　重判〉，《文學遺產》2003 年第 6 期。

12　周裕鍇：〈惠洪與換骨奪胎法——一樁文學批評史公案的重判〉。以惠洪著作為內
　　證，以宋人文獻為外證，認為此段文字應如此斷句，並判定「奪胎換骨」說的產
　　權屬於惠洪。

術語或詩學命題都不見於首創者的詩文集,而出現在其他詩話或筆記
類著作中,可能是首創者只是口頭敘說,而由他人在詩話中或筆記著
作中記錄下來[13],故此,我們不能因為「奪胎換骨」未見於黃庭堅的
詩文集中,就認定與黃庭堅無關;至於第四點是周裕鍇所提出,其
〈惠洪與換骨奪胎法——一樁文學批評史公案的重判〉(《文學遺產》
2003年第6期)有詳盡的論述,且《文學遺產》該期同時刊出莫礪鋒
的回應〈再論「奪胎換骨」說的首創者——與周裕鍇兄商榷〉,莫氏
認為周氏之推論有邏輯上的瑕疵,翻案不能成立。

　　筆者以為目前尚無直接證據可以推翻《冷齋夜話》之說,不妨換
個角度思考:何以《冷齋夜話》會提出這種說法,且掛講黃庭堅名
下?惠洪確實曾與黃庭堅有過交往,並向黃庭堅學詩,因此黃庭堅也
曾傳授惠洪作詩之法,這段文字有可能是黃庭堅授詩時所說,惠洪根
據其領會而轉述[14]。作詩之難在於「詩意無窮而人之才有限」,欲以有
限之才驅動有限之文字以體現無限之意,就算是陶、杜這樣的大詩人
也未必能做到意新語工的境界,黃庭堅指出一條學習的道路,就是從
古人詩中去揣摩領會,師其意而另造新語。

　　後人常將「奪胎換骨」與「點鐵成金」相提並論、混為一談,此
二者表面看來有一些雷同之處,都屬於創作論,其方法都是以古人作
品為學習對象,企圖在繼承古人的文藝財產之後再加以鎔鑄、發揚、

---

13 莫礪鋒:〈再論「奪胎換骨」說的首創者——與周裕鍇兄商榷〉。梅堯臣「意新語
　工……狀難寫之情如在目前,含不盡之意見於言外」,王安石「世間好言語,已被
　老杜道盡;世間俗言語,已被樂天道盡」這兩段話,可算是宋代詩學中的重要命
　題,然而它們僅載於《六一詩話》與《陳輔之詩話》,卻不見於梅堯臣和王安石的
　詩文集中,可知「奪胎換骨」未能見於黃庭堅的詩文集,並不是特別的孤例。
14 李賢臣:〈黃庭堅「奪胎換骨」辨證〉,《河南大學學報》(社會科學版) 1985 年第
　4 期),黃景道:〈論黃山谷所謂「無一字無來處」——兼論「點鐵成金」與「奪胎
　換骨」〉,熊一堅:〈「奪胎換骨」之我見〉皆持此說。

創新。但詳加分析，「奪胎換骨」與「點鐵成金」並不相同，前者「師其意」，後者「師其辭」[15]。「言」「意」雖有不同，學習的精神卻是一樣，以至於後代學者常將此二者相提並論，當作是黃庭堅與江西詩派的詩學創作理論。

3 小結

「點鐵成金」與「奪胎換骨」的出處，前者並無疑義，後者雖有爭論，但不影響對理論內涵的闡釋[16]。若將「奪胎換骨」與「點鐵成金」放在「以故為新」的脈絡中來討論，從繼承中求發展，從襲故中求創新，通過模仿的過程來完成具有獨特性的作品，二者都不失為一簡單易學、入門快、見效易的學詩門徑，是極易發揮的創作理論。

（二）定義

1 點鐵成金

點鐵成金是古代方士的一種點金釘，《景德傳燈錄》卷十八記載靈照禪師有「靈丹一粒，點鐵成金」之妙。這種神奇的點金術被古代的文論家借以指對前賢詩文語言的借鑒與翻新。[17]黃庭堅〈答洪駒父書〉：「古之能為文章者，真能陶冶萬物，雖取古人之陳言入於翰墨，如靈丹一粒，點鐵成金也。」

欲點鐵成金先要有「材料」，而後要有可以點化的「靈丹」。分析黃庭堅的這一段話，材料來源有二：一是生活環境周遭的「萬物」，

---

15 黃景道：〈論黃山谷所謂「無一字無來處」——兼論「點鐵成金」與「奪胎換骨」〉，熊一堅：〈「奪胎換骨」之我見〉。

16 莫礪鋒與周裕鍇雖對「奪胎換骨」的產權有不同的看法，但兩人一致同意：產權究竟歸屬何人，並不影響對理論內涵的闡釋。

17 劉銀光：〈點化：古典詩詞語言的借鑒與翻新〉。

二是「古人之陳言」，也就是取法古人。因此，敏澤《中國文學理論批評史》認為：「所謂『點鐵成金』，就是『取古人之陳言』加以點化。……不重視對於生活、思想的追求，僅僅形式上求新，在擬古中求變化。」[18]吾人不能苟同。黃庭堅雖然強調讀書學古的重要性，但並沒有偏廢生活、思想的追求。〈答洪駒父書〉先說「陶冶萬物」，再言「取古人之陳言」即為明證。而「靈丹一粒」就從「陶冶萬物」與「取古人之陳言」修煉而得，有此靈丹一粒，就能點鐵成金。

劉克莊在〈江西詩派小序〉中推崇黃庭堅：

> 國初詩人，如潘閬、魏野，規規晚唐格調，寸步不敢走作；楊、劉又專為昆體，故優人有撏撦義山之誚；蘇、梅二子，稍變以平淡、豪俊，而知之者尚寡；至六一、坡公，巍然為大家數，學者宗焉；然二公亦其天才筆力之所至而已，非必鍛煉勤苦而成也。豫章稍後出，薈萃百家句律之長，究極歷代體制之變，搜獵奇書、穿穴異聞，作為古律，自成一家，雖只字半句不輕出，遂為本期詩家宗祖，在禪學中比得達摩，不易之論也。

從這段話我們可以得知，北宋初年「規規晚唐格調，半步不敢走作」，西崑體專事辭藻、華而不實，直至歐陽、蘇軾的出現，以其天縱之才改變當時詩壇，但他們並非鍛煉勤苦而成者，換言之，他們雖有佳作，卻未能總結出系統完整的詩歌理論以裨益後世學者。而在他們之後的黃庭堅，「薈萃百家句律之長，究極歷代體制之變，搜獵奇書、穿穴異聞，作為古律，自成一家，雖只字半句不輕出，遂為本朝詩家宗祖。」黃庭堅與歐、蘇不同之處，在於自學有成，且為後人示

---

18 敏澤：《中國文學理論批評史》（長春市：吉林教育出版社，1991 年），頁 613-615。

範學詩之路必須多讀書、薈萃百家句律之長，雖只字半句不輕出[19]。這與黃庭堅〈答洪駒父書〉所言一致，所謂「只字半句不輕出」正是「無一處無來歷」「取古人陳言入於翰墨」，從古人成功的作品中習得用字之法，如范溫《潛溪詩眼》所說：「字法以一字為工，自然穎異不凡，如靈丹一粒，點鐵成金。」可知一個字用得恰當，可以生動的寫出萬物的姿態，使文學作品變得意味深長不同凡響。[20]

點鐵成金是煉字法，藉由多讀書，學習古人句法繩墨，但不是規規之寸步不敢走作，而是加以陶冶、融煉改造，「領略古法生新奇」（〈次韻子瞻子由觀韓馬〉）。這種文學創作中的語言承繼現象早就普遍存在，借鑒前人語言並加以創新，是文學發展的需要，也是作家文學創作過程中自我完善的需要。黃庭堅提出「點鐵成金」的意義也在於此。表面上看來，似乎只是語言文字上的變造，但實際上要能達成黃庭堅所標舉的「以故為新」，關鍵並不只在於語言層面，更在於詩人自我價值判斷的完成。[21]

2 奪胎換骨

「奪胎換骨」的定義，惠洪在《冷齋夜話》中已經明言：「不易其意而造其語，謂之換骨法；窺入其意而形容之，謂之奪胎法」。無論是「不易其意」或是「窺入其意」，都是由「師其意」為出發點。為何作詩要師前人之意？[22]《冷齋夜話》云：「詩意無窮而人之才有限，以有限之才追無窮之意，雖淵明、少陵不得工也。」此處的「詩

---

19 劉友林：〈個性化：山谷詩的審美追求定位〉。

20 黃景道：〈論黃山谷所謂「無一字無來處」——兼論「點鐵成金」與「奪胎換骨」〉。

21 劉銀光：〈點化：古典詩詞語言的借鑒與翻新〉，張輝誠：《黃庭堅詩美學研究》。

22 黃景道認為《冷齋夜話》這段話有語病，提出問題後，卻存而不論，見黃景道：〈論黃山谷所謂「無一字無來處」——兼論「點鐵成金」與「奪胎換骨」〉

意」應是指詩歌所欲傳達、表現之意，也就是在創作過程的初始階段，神思與物相交，產生源源不絕的創作靈感，腦海中有無限靈動的意象，可是，人的才華有限，欲以有限之才驅動有限之文字以體現無限靈動的意象，就算是陶、杜這樣的大詩人也未必能做到「意新語工」的境界，更何況等而下之的初學者？初學者無法以「有限之才追無窮之意」，故在學習之初，先以「前人的詩意」做為練習的對象。「不易其意而造其語」、「窺入其意而形容之」，此處的「意」是指前人詩作中的意象，和首句「詩意無窮」的意有所差別。[23]

　　所謂「換骨法」的「骨」是指字辭語式，不改變原詩的意象或情境，而在「造其語」上下功夫，變易語言形式或是選取新的字詞，也就是把前人已經表現過的詩意詩思用新的語言和手法來表現，是修辭和表現手法的推陳出新、出奇制勝；所謂「奪胎法」的「胎」是指詩句意象，「窺入」有的版本作「規模」，此二語辭都是指在創作歷程的初始階段對前人作品的探究，藉由知性的研析和反省，體察前人作品中所運用的意象，再將此意象作進一層的推展、引申，踵事增華而更新。「奪胎換骨」具體的話，就是根據舊有的文學材料重新錘煉轉化詩句意象或精煉調整字辭，總之是兩種關於修辭的作詩理論。「換骨法」因人之意，觸類而長之，給人更豐富的感受。[24]

　　另外要補充說明的是，黃庭堅的詩文集中雖不見「奪胎換骨」的字樣，卻有「換骨」之說，二者的內容層次略有差別。黃庭堅〈是楊擬式書〉：「俗書喜作蘭亭面，欲換凡骨無金丹。」在這首論書法的詩

---

23 敏澤認為：「所謂「奪胎換骨」，就是化腐朽為神奇。」語見《中國文學理論批評史》，頁 613。吾人不能苟同，因「奪胎換骨」是向前人作品學習，乃是在繼承前人文學遺產的基礎上再求創新，並不是化「腐朽」為神奇。

24 黃景道：〈論黃山谷所謂「無一字無來處」——兼談「點鐵成金」與「奪胎換骨」〉；李錫鎮：〈詩話中「奪胎換骨」法的意義及其問題〉；陳定玉：〈黃庭堅「奪胎換骨」法議〉，《文藝理論研究》1997 年第 5 期。

中，黃庭堅明確的講到「換骨」，他批評世俗之人學習王羲之，只會一筆一畫的模仿蘭亭序，得其形而失其神，因此未曾換掉凡骨。欲換凡骨要有金，這和「靈丹一粒，點鐵成金」的意義是相通的。金丹、靈丹都是修煉而得，必須「胸中有萬卷書」才能「筆下無一點俗氣」（跋東坡樂府）。黃庭堅所提出來的學習之路是：先規模古人，進而超越古人，最終自成一家。學習法度而不為法度所囿，與古人不合而合，不在形似而在神似。由此可知黃庭堅的「欲換凡骨無金丹」和「不易其意而造其語」是有差別。[25]然而，有沒有可能在「造其語」的過程中，藉由更恰切的選擇文字、排列辭句，而形塑出更上一層的意象、脫去凡骨而得其神似？或許是惠洪在《冷齋夜話》中轉述黃庭堅的話，把「奪胎換骨」說得太淺顯簡單。形式絕不是孤立的，它與內容互有關連、互相依附，藉由形式的更新（奪胎換骨）是有可能創造出具有獨特性的作品。[26]

3 小結

「點鐵成金」與「奪胎換骨」旨在向古人學習，在繼承前人文學遺產的基礎上，藉由模仿進而創造出具有獨特性的作品，其關鍵在於神似而不在形似，需由大量的閱讀而修煉出「靈丹」「金丹」，始能超凡入聖。「點鐵成金」是煉字法，重在「師其辭」，借鑒前人作品加以點化，講究用字造句之工；「奪胎換骨」則是「師其意」，根據舊有的文學材料重新錘煉轉化詩句意象或精煉調整字辭。所謂「師」者，必

---

25 莫礪鋒〈「奪胎換骨」辨〉，《中國社會科學》1985 年第 5 期；李賢臣：〈黃庭堅「奪胎換骨」辨證〉；黃景道：〈論黃山谷所謂「無一字無來處」——兼論「點鐵成金」與「奪胎換骨」〉；熊一堅〈「奪胎換骨」之我見〉。

26 張福勛：〈「奪胎換骨」辨說〉，《中國人民大學學報》1995 年第 1 期；吳淑鈿：〈江西詩派的理論架構——一個形式主義的考察〉。

須「青出於藍而更勝於藍」學習只是過程，創新才是目標。在創作者
主體精神與文學傳統既繼承又創新的互動關係下，經由詩歌語言表現
方式創造出新的形式，新的意象內容。

（三）評價

「點鐵成金」「奪胎換骨」的理論產生之後，其評價一直是兩極
化，反對者認為這是教人剽竊蹈襲、在古人作品中討生活尋創作、舍
本逐末[27]；贊同者則譽之為「最具實踐性、操作性的理論命題，其目
的是要鎔鑄前人之語而自鑄佳詞，創造出頗具新意的意象和詩語」，
如此具實踐性的理論在宋代的詩話中，此詩論也一再被引用[28]。究竟
「點鐵成金」「奪胎換骨」是抄襲？還是學習？在中國傳統詩論中一
直爭論不休，為了避免重入前人窠臼，本文將引用俄國形式主義的理
論來解釋「點鐵成金」「奪胎換骨」，並賦予它超越時空的實質價值。

俄國形式主義論打破形式與內容的界限，反對「內容對形式」
（Content Versus Form）的傳統二分法，而認為內容暗示著形式的某
些因素。[29]由於文學的創作脫離不了文學的傳統，在傳統的陰影下，

---

27 反對的聲浪從南宋就開始出現，例如：宋人吳曾《能改齋漫錄》卷十：「教人以蹈
襲為事」，金代王若虛《滹南遺老集》卷四十：「魯直論詩，有點鐵成金之喻，世
以為名言，以予觀之，特剽竊之點耳。」清代馮班《鈍吟雜錄》卷四：「只是向古
人集中作賊耳。」同意此論點的學者甚多，劉大杰、敏澤等人的文學史、文學批
評史，皆持反對意見。參考張福勛：〈「奪胎換骨」辨說〉，周裕鍇：〈惠洪與換骨
奪胎法──一椿文學批評史公案的重判〉。

28 周裕鍇：〈惠洪與換骨奪胎法──一椿文學批評史公案的重判〉，此文附錄「宋人著
作稱引奪胎法、換骨法一覽表」可知此詩論被引用的情形。張涌豪、駱玉明主
編：《中國詩學》（臺北市：東方出版社，1999 年），頁 266～267 中給予極高的評
價，認為這是「最具實踐性、操作性的理論命題」。錢鍾書的《談藝錄》、《宋詩選
注》則是比較中肯的評論為「宋人普遍的、行之有效的創作方法」。

29 吳淑鈿：〈江西詩派的理論架構──一個形式主義的考察〉。韋勒克、沃倫著：《文
學理論》（北京市：三聯書店，1984 年），頁 146：「假若我們通過文學作品的內容

文學若求新生，必賴於推陳出新，即所謂陌生化，在文字上必須重視語言的運用，甚至將日常用語變形。[30]以上這些理論和黃庭堅的「以故為新」「以俗為雅」正好互相呼應。「點鐵成金」「奪胎換骨」重視模擬與鍛煉的技巧，可以說開創了中國詩史上一個正視形式主義的時代。

　　無論是「點鐵成金」所強調的用字法（取古人之陳言入于翰墨，如靈丹一粒，點鐵成金也）[31]，或是「奪胎換骨」在學習前詩句意象的基礎上變易語法、踵事增華（不易其意而造其語，謂之換骨法；窺入其意而形容之，謂之奪胎法）[32]，其所致力處都在語言形式的求新求變。照雅克慎的說法，語言的基本運作可分為「選擇」（selection）和「組合」（combination）兩軸。選擇的根據是對等原理：意義相近或不相近，同義或反義；組合的根據是詞與詞之間的結合限制的程度。語言就在這兩軸上被操作，選擇是垂直軸，語言庫裡表示同一意義的有很多不同的字詞，作者自垂直軸中選擇要用的字，放在水平軸以組成出現的句子。詩歌的功能在把對等原理從選擇的層面投射到組合的層面上去。[33]

來理解它要傳達的思想和情感，那麼形式就必然包括表達這些內容的所有語言因素。」

30 同前註。有關形式主義的理論，見周英雄、鄭樹森合編：《結構主義的理論與實踐》（臺北市：黎明文化，1980 年）。

31 葉嘉瑩：〈漫談中國舊詩的傳統〉，收入李正治主編：《政府遷台以來文學研究理論及方法之探索》（臺北市：臺灣學生書局，1988 年），頁 363-365：「所謂用字是指詩人在詩中所使用的某些詞字乃是前人曾經使用過的字⋯⋯這種用字有時出於有心，有時出於無意，其與詩歌之內容意義也有時有關，有時無關。⋯⋯讀者對熟知的詞字較易引起共鳴，這也是何以古人重視用字要有出處之原故。」

32 李錫鎮：〈詩話中「奪胎換骨」法的意義及其問題〉。「奪胎之「胎」，明顯地是指詩句意象，換骨之「骨」，乃指字辭語式；「奪」「換」二字，則很適切生動地反映了後代作者面對前代作品所致力的語言行動。」

33 高友工、梅祖麟：〈唐詩的隱喻與典故〉，收入《結構主義的理論與實踐》，頁 45；

　　運用「點鐵成金」「奪胎換骨」法創作的作品，同時兼具作者與讀者的雙重身分：先是閱讀，受作品引導而進行詮釋（窺入其意），閱讀理解作品的活動中，是具有創造性的；再就作者身分而言，透過閱讀經驗而批評作品從決定取捨，選擇適當恰切的字辭組成詩句，創造出新穎的意象、新穎的形式──這是一種具有生命力的模擬手段。[34]

　　吳淑鈿以形式主義考察江西詩派的理論架構，從記號學加以解釋，認為：「詩人在創作時（製造話語），為了使作品能表達他想要說的事物，往往將已形成但可改變的語規（code）加諸他要指稱的事物上，以完成作品的製作。在這一個操作過程裡，原先的語規會被改變了，這改變會帶來一個對現實世界的認知的新模式。這樣，語言某方面的襲用只是一個起步的階段，在新出現的語言層次裡，會是另一個創造性的指涉範疇。嚴格地說，作品是不會獨立存在的。沒有一篇作品和其他作品完全沒有關係，這叫「文本互涉」。作者的讀書經歷使他不經不覺醞釀出自己的作品……江西詩派無論是學習前人的構思方式，模仿前人的詩意，或是借前人典故及辭句，都只是借他人斧斤墾自己園地吧了。」[35]

　　以上的論點和信息論美學相近。信息論美學把與獨創性相對立的相循相因的繼承性表述為可理解性。人們不能期望一篇作品從內容到形式都完全是獨創的，因為完全獨創就意味著完全不可理解。優秀的作品總是既具獨創性，又有可理解性（相循相因的繼承性），是二者有機的結合。[36]欲創作出可理解的獨創作品，必須繼承舊有的語規，

　　鄭樹森：〈結構主義與中國文學研究〉，收入李正治主編：《政府遷台以來文學研究理論及方法之探索》，頁 481；吳淑鈿：〈江西詩派的理論架構──一個形式主義的考察〉。

34 吳淑鈿：〈江西詩派的理論架構──一個形式主義的考察〉。

35 同前註。

36 陳定玉：〈黃庭堅「奪胎換骨」法議〉。

以舊語規創造新詩境，如此一來，語言的襲用是無可避免的。

由於歷史的積澱，在中國詩歌的傳統裡，漸漸形成許多具有一種超穩定情韻的「意象板塊」[37]，後代詩人往往是利用這些「板塊」來構織自己的詩，這是一種詩歌藝術的普遍方法，任何一個詩人，不管是自覺或不自覺，都在使用這種方法，並且又通過各自的藝術實踐不斷的豐富之、完善之。葉嘉瑩在〈漫談中國舊詩的傳統〉也說明「讀者對熟知的詞字較易引起共鳴，這也是何以古人重視用字要有出處之原故」[38]。

由此可知，「點鐵成金」「奪胎換骨」有其內在的合理性。模擬並不等同於抄襲，而是創新的初步；襲用前人作品的字辭意象是學習創作的過程中不可避免的。「點鐵成金」「奪胎換骨」是繼承而後創新；是通過模擬的過程來完成具有獨創性的作品；兼具讀者身分的作者，在廣泛閱讀之後，經由選擇、組合而創造出新的詩歌作品。技巧運用之妙，存乎一心，能陶冶萬物者，就有靈丹一粒，可以奪凡胎換仙骨、點鐵成金。

三　鄭愁予的錯誤

「點鐵成金」「奪胎換骨」是宋代詩話中常見的創作法則，既為法則就有通行性，並無古今之別也無詩文之分，寫文章可以師法，寫現代詩也可以，鄭愁予的〈錯誤〉膾炙人口是屬於運用巧妙成功者。

---

37 張福勛：〈「奪胎換骨」辨說〉，文中張氏舉例說明所謂的意象板塊：「比如「憑欄」「倚欄」，或表示懷遠，或表示弔古，或抒發抑鬱愁苦，或抒發悲忿慷慨。再此如「綠窗」，總是包含著某種特有的家庭溫馨氣息或柔情的閨閣氛圍。」

38 葉嘉瑩：〈漫談中國舊詩的傳統〉，收入李正治主編：《政府遷臺以來文學研究理論及方法之探索》，頁 363。

或許有人認為鄭愁予未曾標舉自己作詩是用「點鐵成金」「奪胎換骨」之法，然而，鄭氏確實有意的使用典故，繼承古典文學的能量來創造新的古典[39]，這樣的精神和「點鐵成金」「奪胎換骨」的創作法則有一致性。再者，就本文的分析結果，「點鐵成金」「奪胎換骨」有其內在的合理性與實質價值，是創作過程中無可避免的繼承以創新的手段，因其普遍存在於作品中，才會在宋代提出之後，又被歷代詩話所引用。鄭愁予的〈錯誤〉明顯的是以中國傳統古典詩詞中常見的閨怨為主題，內容也一再出現古典詩詞常見的意象，對古典的繼承明顯可見，然而此詩卻不因主題意象的「陳舊」而埋沒於古今浩瀚的詩海中，反而是一首膾炙人口成功的現代詩，故本文選擇以此詩為例來分析「點鐵成金」「奪胎換骨」在現代詩中的應用，藉以突顯詩歌創作理論不受時空的限制，現代人仍可以應用中國古代詩話的理論來創造屬於現代的新作品。

（一）點鐵成金──工於用字造句

就前文的分析來看，黃庭堅講「點鐵成金」，標榜「無一字無來處」「取古人之陳言入於翰墨」，強調多讀書的重要，藉由閱讀前人佳作，從中習得用字之妙與句法文章結構的法度，故以下從「用字」與「結構」來分析鄭愁予的〈錯誤〉

---

39 鄭愁予談自己的詩，在〈典故的文學性與趣味性〉一文中寫到：「用典故絕不可怕，直接以傳統方式行之固不可取，如果用現代手法將典故意象化，以新生語言製造連續隱喻在詩中進行，終使之成為詩的主題。」又說：「作為一個寫現代詩的我，更著重的是整個古典的精神內涵，我熟識古典，願意用它給我們的文學和文化的能量來創造新古典，藉著碑碣作為踏腳石，躍向一個新的語言境界。」（文見《聯合文學》220 期〔2003 年 2 月〕，頁 70）鄭氏這樣的理念和本文所析之「點鐵成金」「奪胎換骨」一致。

1 用字獨特（包括聲韻的處理）

〈錯誤〉一詩起首兩行略低於全篇，作為詩序，具有總括全篇的作用，詩意的原始結構是「走過／等著」。走過的人，走過江南，剎那間完成他的動作，句法簡潔短促。比較特別的是使用「打」字，「我打江南走過」，意思也就是「我從江南走過」，但「打」字比「從」字，更能顯出陌生化的效果。再者，作者使用一個「打」字把處所「江南」挪前，變化句式，並為押韻做準備。[40]

而等著的人，持久凝定，日復一日、花開花落的等候著。第二行是全詩最長的一句，暗示著漫長的等待，「季節」表時間，「等在季節裡的容顏」就像李白詩〈長干行〉：「坐愁紅顏老」，在季節的交替中時光流逝，那容顏卻只能隨著時光流逝，無止盡的等著。一次又一次的興起希望，好像蓮花之開；一次又一次的失望，好像蓮花之落。隨著季節的變遷周而復始，精準的呈現「等著」的狀態。「蓮花」與「我打『江南』走過」相呼應（江南可採蓮），又暗示那等著的人如蓮花一般（容顏像蓮花美麗，等待愛人的情操也像蓮花清白），「開落」二字，既形容那等著的人打開窗扉、笑顏綻放，復而失落；也暗示季節變遷的周而復始。

此外作者還使用了「東風」「柳絮」「春帷」等古典詩詞常見的詞藻，精美細巧酷似詞中的婉約派，「向晚」「跫音」也都是文言字語，吸引讀者進入一種隱約迷離的詞境[41]。在語言的使用上，以彈性較大

---

40 廖祥荏：〈一分鐘星蝕──鄭愁予愛情詩評析〉，《中國語文》89 卷 4 期〔2001 年 10 月〕；唐捐：〈現代美典，古典詩意──鄭愁予〈錯誤〉導讀〉，《幼獅文藝》598 期（2003 年 10 月）。廖氏在其文中引述鄭愁予說：「這首詩為了表現馬匹經過街道，所以在詩句的安排上有些特別。前面和後面的兩行，類似馬蹄的行動；而中間有五行，主體是過路的人，客體是等待的人。」

41 黃庭堅：〈江晚正愁予──鄭愁予與詞〉，《中外文學》第 21 卷第 4 期中引用繆鉞的

的白話語法納入簡約的文言字語,是此詩的一大特色。在聲韻方面,
作者亦多有用心,例如首段用「打」字把「江南」挪前,「走過」的
「過」字遂與「如蓮花的開落」的「落」字押韻;青石街道「向
晚」,將時間詞挪後,好與窗扉緊掩的「掩」字押韻,而且此句結束
於「向晚」二字,使詩意富於漸近性和暗示性,我們彷彿可以想見視
域之漸漸歸於夜黯;最後收束於「緊掩」也有類似的好處[42]。使用疊
字如:小小、達達,類疊如:不來、不飛、不響、不揭。聲韻的重
疊,造成迴音重複,使等待的氣氛更為凝重。[43]

　　這裡我們見識了「詩語決定詩意」的可能,由於「說的方法」充
滿魅力,遂使「說的內容」取得意味[44],這也就是形式主義所強調的
內容暗示著形式的某些因素,形式與內容不能二分。照雅克慎的說
法,詩歌的功能在把對等原理從選擇的層面投射到組合的層面上去,
作者自垂直軸中選擇要用的字,放在水平軸以組成出現的句子。在此
鄭愁予有意的以彈性較大的白話語法納入簡約的文言字語,製造出急
緩交相的節奏,因讀者對熟知的詞字較易引起共鳴,因而使此詩充滿
文采趣味。「點鐵成金」所標榜的「取古人之陳言入於翰墨,如靈丹
一粒,點鐵成金」在此獲得實踐。[45]

詞論,認為鄭愁予的現代詩常用精美細巧的詞藻形塑隱約迷離的詞境,酷似詞中
婉約派。

42　唐捐:〈現代美典,古典詩意——鄭愁予〈錯誤〉導讀〉。

43　林碧珠:〈「美」從何處來——鑑賞與昇華〈錯誤〉一詩〉,《中國語文》92 卷 1 期
　　(2003 年 1 月)。

44　唐捐:〈現代美典,古典詩意——鄭愁予〈錯誤〉導讀〉。

45　關於雅克慎的說法與俄國的形式主義,見前註。葉嘉瑩認為:「讀者對熟知的詞字
　　較易引起共鳴,這也是何以古人重視用字要有出處之原故」(見葉嘉瑩:〈漫談中
　　國舊詩的傳統〉,收入李正治主編:《政府遷臺以來文學研究理論及方法之探索》,
　　頁 363;不只古人如此,鄭愁予亦有意的以彈性較大的白話語法納入簡約的文言字
　　語,見鄭愁予:〈典故的文學性與趣味性〉,頁 74。

2 結構法規──空間處理技巧

一般談到「點鐵成金」可能比較多強調「無一字無來歷」，考諸黃庭堅的詩論，他對「法」的重視，不只是「用字」而已，所謂的「古人繩墨」還包括句法篇章結構。鄭愁予的〈錯誤〉一詩，在空間處理的技巧上，亦有與古人雷同之處。

〈錯誤〉的空間處理像是拿了一部攝影機從遠景、中景、近景、而至特寫；也就是從面、線、慢慢聚焦於特定的「點」上，詩中的場景從江南、而城、而街道、最後聚焦於「窗扉」，跫音響起，春帷揭開，「你」（在原地等著的人）的心像小小的窗扉緊掩[46]。這樣的空間處理，讓人聯想到古詩十九首的〈青青河畔草〉，這首等候蕩子的閨怨詩開始於「河畔」，進而「園中」，然後是「樓上」，樓上有一女，皎皎「當窗牖」，接著是特寫鏡頭：「娥娥紅粉妝，纖纖伸素手」，最後是她的心理描述[47]。在空間結構上，古今兩首閨怨詩竟然「不約而同」。也許是這樣的空間經營方式，更能凸顯主題（焦點），更能留給讀者無窮的想像空間與填補空白的時間，藉著場景的挪移由遠而近、由大而小，更顯出幽居深閨的等待者的寂寞。

（二）奪胎換骨──傳統意象的經營

許多人視〈錯誤〉為「用白話文寫成的古典詩」，因為它大量動用古典的語碼與情緒，其主題是歷代文人所反覆吟詠的閨怨，有許多

---

46 林碧珠：〈「美」從何處來──鑑賞與昇華〈錯誤〉一詩〉。

47 古詩十九首〈青青河畔草〉：「青青河畔草，鬱鬱園中柳。盈盈樓上女，皎皎當窗牖。娥娥紅粉妝，纖纖伸素手。昔為倡家女，今為蕩子婦。蕩子行不歸，空床獨難守。」

古典詩原型[48]。換言之，此詩的主題、意象，都繼承了古典詩詞的閨
怨傳統，在「師其意」的情況下，作者如何在句法上經營出屬於個人
的、現代的特色？「奪胎換骨」所提示的「不易其意而造其語，窺入
其意而形容之」的創作法則，作者如何巧妙運用？以下就作「不易其
意而造其語」「窺入其意而形容之」兩種方法來分析討論。

1　不易其意而造其語

「換骨」法不改變舊作的意象（不易其意），而在語言形式上講
究變易（造其語）。〈錯誤〉一詩使用傳統古典詩常見的意象板塊，諸
如：江南、蓮花、東風、柳絮、春帷……大多沒有變易它們原來的情
韻，只是在句法上翻疊變化。

例如：江南如蓮花，「江南可採蓮」，我打江南走過，看見蓮花是
極其自然的事，江南總是令人聯想到煙雨迷離的田田荷園，廣闊的平
原與大澤，在那裡有一等在季節裡的容顏如蓮花開落。容顏如蓮花，
蓮花的意象是潔美的、惹人憐愛的。鄭愁予並沒有變動這些意象的內
涵，但在文字的組合上卻採用現代詩的語法，變化句式、長短不拘，
產生現代感十足的律動。

東風與柳絮，更是古典詩中常見的一組語碼──杜甫〈漫興絕
句〉：「顛狂柳絮隨風舞」，蘇軾〈蝶戀花〉：「楊花猶有東風管」，曹雪

---

48 黃維梁〈江晚正愁予──鄭愁予與詞〉認為：「這首詩如果放在一本英譯宋詞選集
　裡，對中國新詩認識不深的讀者，一定會以為它就是一首詞，無法與集中其他作
　品區分。」（見《中外文學》第 21 卷第 4 期，頁 89）；林綠則認為此詩除了繼承白
　話文學的流風之外，其實也含蘊了中國古典詩的精神，其意境可謂中國文化的傳
　承，可視為用白話書寫的古典詩，母題是唐詩宋詞常見的春怨春思春詞（閨怨）
　等待歸人，有許多古典詩原型。見林綠所寫：〈鄭愁予「錯誤」的傳統訊契〉（《國
　文天地》13 卷 1 期〔1997 年 6 月〕）。唐捐也持此看法，見〈現代美典，古典詩意
　──鄭愁予〈錯誤〉導讀〉。

芹〈唐多令〉:「嫁與東風春不管」都可看出在古典詩詞中東風與柳絮的關係。在〈錯誤〉一詩中,鄭愁予延續此傳統,但不直述而採翻疊的語勢:「東風不來,三月的柳絮不飛」,事實上,東風來了,三月的柳絮也隨風飛舞。這一句表面上寫江南三月的柳絮紛飛,其實暗有所指,與下句「跫音不響,三月的春帷不揭」互相呼應。

「春帷」一詞,讓人聯想到李白的〈春思〉:「春風不相識,何事入羅帷?」[49]當「燕草碧如絲,秦桑低綠枝」的大好春日,獨居深閨的人等不到懷歸之君,痛斷肝腸,此時春風吹進羅幃,深閨之人原想閉門索居,不料卻有春風揭開羅幃,但這春風卻不是她所等待的人。〈錯誤〉一詩中,揭開羅幃的不是「春風」,而是「跫音」,跫音使等著的人以為她所等待的人已經歸來,所以揭開春帷探視。若是沒有這錯誤的跫音,春帷不會揭起,「我」也看不到「那等在春節裡的容顏如蓮花的開落」。此處以「春帷」來表現一種緊閉、隔絕的意象,為愛人而封閉自己、只為愛人而開啟,這和「春風不相識,何事入羅帷?」的「羅幃」,意義相同,但在句法上,配合上一句的「東風不來,三月的柳絮不飛」,以白話語法夾入古典的「春帷一詞,不易其意而造其語。

經由以上的分析,不難發現:鄭愁予的〈錯誤〉詩中所使用的意象、情韻繼承古典,而句法上卻有所變異,採用現代語式,形塑出此詩獨具一格的現代特色。由此可見:「不易其意而造其語」的「換骨」法,確實可以創造出具有獨創性的作品。

---

49 李白〈春思〉:「燕草碧如絲,秦桑低綠枝。當君懷歸日,是妾斷腸時。春風不相識,何事入羅帷?」

2 窺入其意而形容之

「閨怨」是古典詩常見的主題，古詩十九首的〈青青河畔草〉：「青青河畔草，鬱鬱園中柳。盈盈樓上女，皎皎當窗牖。娥娥紅粉妝，纖纖伸素手。昔為倡家女，今為蕩子婦。蕩子行不歸，空床獨難守。」王昌齡的〈閨怨〉：「閨中少婦不知愁，春日凝妝上翠樓；忽見陌頭楊柳色，悔叫夫婿覓封侯。」溫庭筠的〈憶江南〉：「梳洗罷，獨倚望江樓，過盡千帆皆不是，斜陽脈脈水悠悠，腸斷白蘋洲。」柳永的〈八聲甘州〉：「想佳人，妝樓顒望，誤幾回，天際識歸舟。」從漢代古詩到宋詞，閨怨所表現的都是「久待不果」的憂傷愁緒，〈錯誤〉的詩意和以上諸詩相同，鄭愁予如何踵事增華、窺入其意而形容之？

傳統的閨怨詩，「說話者」常是久待情郎不至的婦人，多是以「代言體」的方式出現，在詩中我們只看到「懷思者」等候著「被懷思者」，並無第三者的出現[50]。而〈錯誤〉因為「我」的直接介入，使詩中等候的怨婦，多經歷了另一種的悲哀。

久候不果，令人心灰意冷而生悔恨憂鬱。柳詞「誤幾回天際識歸舟」，溫詞「過盡千帆皆不是」，斜陽下白白將盡，整天的等候全付諸流水，令人腸斷……這些都是思婦可能有的情緒。等不到固然可悲，等到一個「美麗的錯誤」，希望燃起而後幻滅，瞬間跌落絕望的深淵，其間的心緒起伏波動，更甚於「久候不果」的心灰意冷。

---

50 黃維樑〈江晚正愁予——鄭愁予與詞〉，唐捐：〈現代美典，古典詩意——鄭愁予〈錯誤〉導讀〉。以本文所引的四首古典作品為例，〈青青河畔草〉的「說話者」是那位在樓上當窗等候的婦人；王昌齡的〈閨怨〉、溫庭筠的〈憶江南〉都由詩人揣摩思婦心理而為其代言；柳永的〈八聲甘州〉：「想佳人，妝樓顒望，誤幾回，天際識歸舟」則是被懷思者想像懷思的心理。以上這些作品，在懷思者與被懷思者之外，並無第三者的介入。

〈錯誤〉詩中「我」直接介入懷思與被懷思之間，我打江南走過，像東風吹起柳絮、跫音揭開緊閉的春帷，那等在季節裡的容顏聽到達達的馬蹄，心中燃起希望如蓮花般綻放，可惜，「我」不是歸人，不是思婦所懷思、等待的人，達達的馬蹄，僅僅只是走過，希望落空的思婦，再度將窗扉緊掩，落寞的神情就像一朵蓮花凋落。就在「我」走過的瞬間，漫長等待而心灰意冷的斷腸人，燃起一線生機、滿懷希望，心如柳絮飛舞，揭開春帷，歡欣的迎接所愛的人歸來，剎那間的錯誤（達達的馬蹄）帶來美麗的期望，這期望卻又瞬間成空。鄭愁予借由「我」這個過客，將閨怨之情更加深了。所謂「窺入其意而形容之」，鄭氏把握傳統閨怨詩的情感意境，復予以深化，所表現出來的詩意更令人感動。[51]

（三）古典詩意的再生

〈錯誤〉一詩的主題與情感十分傳統，放在文學史的脈絡中，不過是無數閨怨詩之一，描寫寂寞的婦人無止境地等待男人，這與古典詩詞中的那些婦人無大分別。然而，形式的改變、句法的更新，可以營造出不同的美感。詩語決定詩意，由於「說的方法」充滿魅力，遂使「說的內容」取得意味。[52]陌生化的句型加上具有豐富內涵的古典

---

51 沈謙：〈從何其方到鄭愁予——比較評析「花環」與「錯誤」〉，《中國現代文學理論》1996 年第 1 期中認為：「就內涵上而言，脫胎於宋柳永的詞〈八聲甘州〉。」吾人以為：柳永的〈八聲甘州〉是被懷思者想像懷思者的懷思之情，「想佳人，妝樓顒望，誤幾回，天際識歸舟。」這是想像之詞；而〈錯誤〉卻以身為第三者的「我」親自介入，親眼目睹一場「美麗的錯誤」，客觀的呈現思婦滿懷期待瞬間落空的閨怨愁腸。親眼目睹較之柳永的隔空懷想，更讓人印象深刻。此即「窺入其意而形容之」的「奪胎」法。
52 黃維梁：〈江晚正愁予——鄭愁予與詞〉，唐捐：〈現代美典，古典詩意——鄭愁予〈錯誤〉導讀〉。

意象，遂使此詩有令人再三吟詠玩味的情韻。在繼承古典文學遺產之
際，鄭愁予如何使古典詩意再生？綜合言之，約有下列數端：

1 現代句式

〈錯誤〉是一首現代詩，雖然主題、意象、情感，都繼承古典，
其句式卻是現代的白話語文。異於古典詩詞的規矩，也不是口語化的
生活用語，而是靈動的、陌生化的詩歌語言。我們在欣賞這首詩時，
可以特別注意詩人在句法上的特色。寫現代詩的鄭愁予，喜歡用現代
手法將典故意象化，以新生語言製造連續隱喻，特別是語言的使用，
以彈性較大的白話語法納入簡約的文言字語，製作不疾不徐的，有時
是急緩交相的節奏，產生獨特的文采趣味。[53]

2 詞語伴謬

「美麗」與「錯誤」表面上看來是互相矛盾的，既是「錯誤」，
如何成就「美麗」？既然「美麗」，何等遺憾的，竟是個「錯誤」？
乍看之下，似乎十分弔詭，「錯誤」與「美麗」之間產生的衝突，更
加引人思索玩味。這樣的「詞語伴謬」（美麗的錯誤），無疑具有現代
之氣息。詞語伴謬是現代西洋詩與中國新詩常用的修辭技巧，在傳統
中國詩詞較為少見，在這層意義上，〈錯誤〉不愧為現代的產品。[54]

3 新的結構

鄭愁予說：「這首詩為了表現馬匹經過街道，所以在詩句的安排
上有些特別。前面和後面的兩行，類似馬蹄的行動；而中間有五行，

---

53 鄭愁予：〈典故的文學性與趣味性〉。
54 黃維樑：〈江晚正愁予──鄭愁予與詞〉。「美麗的錯誤」一語所表現的情境內涵已
　　於上文分析過，此處不再贅言。

主體是過路的人，客體是等待的人。」[55]這樣的結構安排和古典閨怨詩的傳統並不相同，古典詩詞裡大多以思婦為主體，靜態的一直等著，懷思者與被懷思者之間，看不到第三者。而鄭氏的〈錯誤〉卻以動態走過的過客為主體，中間五行的閃爍與緊張，是過客所引起的騷動，也是身為主體的過客對客體（等待者、思婦）的觀察。一動一靜之間的交會，相遇的剎那，產生「美麗的錯誤」。「我」的直接介入，使這首詩的結構生變，雖然在空間的處理上由遠而近、由大而小，是古典詩詞常見的空間處理方式，但此詩的空間感卻是由「走過」的過客所帶出來的，這卻是傳統閨怨詩少見的。更特別的是，最後一句「我不是歸人，是個過客……」，刪節號的使用，充滿現代感。

四　餘論

　　「點鐵成金」與「奪胎換骨」乃是宋人論詩所標舉的一種新理論，旨在向古人學習，在繼承前人文學遺產的基礎上，藉由模仿，進而創造出具有獨特性的作品，其關鍵在於神似而不在形似，需由大量的閱讀而修煉出「靈丹」「金丹」，始能超凡入聖。「點鐵成金」是煉字法，重在「師其辭」，借鑒前人作品加以點化，講究用字造句之工；「奪胎換骨」則是「師其意」，根據舊有的文學材料重新錘煉轉化詩句意象或精煉調整字辭：「換骨法」承用前人詩意，但表達語法與前人不同，使讀者可以獲得不同的享受；「奪胎法」因人之意，觸類而長之，給人更豐富的感受。「點鐵成金」「奪胎換骨」重視模擬與鍛煉的技巧，可以說開創了中國詩史上一個正視形式主義的時代。

　　以鄭愁予的〈錯誤〉來分析「點鐵成金」「奪胎換骨」在現代詩

---

55 見廖祥荏：〈一分鐘星蝕——鄭愁予愛情詩評析〉引述鄭愁予之語。

中的應用，我們可以發現：縱使是相同的主題，並且使用古典詩常見的意象，夾入文言字語，仍有可能創造出獨具特色的優美作品。故「點鐵成金」「奪胎換骨」絕對不是剽竊蹈襲、在古人作品中討生活尋創造，相反的，是一種繼承而創新的手段。基於「本文互涉」的原則，作品不會獨立存在，沒有一篇作品和其他作品完全沒有關係；從「信息論美學」來看，作品不會獨立存在，沒有一篇作品和其他作品完全沒有關係；從「信息論美學」來看，文學創作欲具有「可理解性」，就必須有相循相因的繼承性。這些理論都證實「點鐵成金」「奪胎換骨」有其內在合理性。再者，古典詩詞傳統裡所積澱的意象板塊，都具有一種超穩定的情韻與豐富的內涵，善加利用它所帶給我們的文學和文化的能量，可以創造出新的典律。鄭愁予熟識古典，著重整個古典的精神內涵，他有意以古典為踏腳石，躍向一個新的語言境界，〈錯誤〉不過是他諸多作品中的一首，此詩可以印證「點鐵成金」「奪胎換骨」的創作法則不受時空的限制，不分古今，任何文體都可以使用這些創作理論。相信還有很多現代詩可以作這樣的分析，古典詩學創作理論也不必囿於古典園地之中，如何結合古典詩學與現代創作，是筆者努力的目標，本文不過是初步的嘗試，希望將來能作更深更廣的探索。

參考文獻（依作者姓氏筆畫排列）

一　書籍

朱東潤　《中國文學批評史大綱》　上海市　上海古籍出版社　1983年

成復旺、蔡鍾祥　《中國文學理論史》　臺北市　洪葉文化　1993年

李正治主編　《政府遷臺以來文學研究理論及方法之探索》　臺北市　臺灣學生書局　1988年

周英雄、鄭樹森合編　《結構主義的理論與實踐》　臺北市　黎明文化　1980年

袁行霈編著　《中國文學綱要》　北京市　北京大學出版社　1992年

敏　澤　《中國文學理論批評史》　長春市　吉林教育出版社　1991年

敏　澤　《中國文學理論批評史》　長春市　吉林教育出版社　1993年

張　健　《宋金四家文學批評研究》　臺北市　聯經出版公司　1975年

張輝誠　《黃庭堅詩美學研究》　臺北市　國立臺灣師範大學國文研究所碩士論文　2004年

黃永武、張高評編著　《宋詩論文選輯》　高雄市　復文圖書　1988年

黃宣範譯　《語言學研究論叢》　臺北市　黎明文化　1974年

莫礪鋒　《江西詩派研究》　濟南市　齊魯書社　1986年

臺大中文所〔宋代文學與思想研討會〕主編　《宋代文學思想》　臺北市　臺灣學生書局　1989年

郭紹虞著　《中國文學批評史》　臺北市　五南出版公司　1994年

劉大杰　《中國文學發展史》　臺北市　華正書局　1975年

葉慶炳　《中國文學史》　臺北市　臺灣學生書局　1986年

羅根澤　《中國文學批評史》　上海市　上海古籍出版社　1984年

顧易生、蔣凡、劉明今著　《宋金元文學批評史》　上海市　上海古
　　籍出版社　1996年

龔鵬程　《江西詩社宗派研究》　臺北市　文史哲出版社　1983年

二　期刊論文

沈　謙　〈從何其方到鄭愁予──比較評析「花環」與「錯誤」〉
　　《中國現代文學理論》　1996年第1期

李賢臣　〈黃庭堅「奪胎換骨」辨證〉　《河南大學學報》　社會科
　　學版　1985年第4期

李錫鎮　〈詩話中「奪胎換骨」法的意義及其問題〉　《銘傳學報》
　　1986年第3期

吳淑鈿　〈江西詩派的理論架構──一個形式主義的考察〉《中外文
　　學》　第18卷第12期

林　綠　〈鄭愁予「錯誤」的傳統訊契〉　《國文天地》　13卷1期
　　1997年6月

林碧珠　〈「美」從何處來──鑑賞與昇華〈錯誤〉一詩〉　《中國
　　語文》　92卷1期　2003年1月

周裕鍇　〈惠洪與換骨奪胎法──一樁文學批評史公案的重判〉
　　《文學遺產》　2003年第6期

唐　捐　〈現代美典，古典詩意──鄭愁予〈錯誤〉導讀〉　《幼獅
　　文藝》　598期　2003年10月

祝振玉　〈「奪胎換骨」說質疑〉　《上海師範大學學報》　1987年
　　第1期

張福勛　〈奪胎換骨辨說〉　《中國人民大學學報》　1995年第1期

黃景道　〈論黃山谷所謂「無一字無來處」──兼論「點鐵成金」與
　　「奪胎換骨」〉　《中華學苑第》　三十八期　1988年

黃維梁　〈江晚正愁──鄭愁予與詞〉　《中外文學》　第21卷第4期

莫礪鋒　〈再論「奪胎換骨」說的首創者──與周裕鍇兄商榷〉　《文學遺產》　2003年第6期

熊一堅　〈「奪胎換骨」之我見〉　《江西社會科學》　1995年12期

廖祥荏　〈一分鐘星蝕──鄭愁予愛情詩評析〉　《中國語文》　89卷4期　2001年10月

劉友林　〈個性化：山谷詩的審美追求定位〉　《贛南師範學院學報》　1996年第4期

劉銀光　〈點化：古典詩詞語言的借鑒與翻新〉　《菏澤師專學報》　1996年第3期

陳定玉　〈黃庭堅「奪胎換骨」法議〉　《文藝理論研究》　1997年第5期

鄭愁予　〈典故的文學性與趣味性〉　《聯合文學》　220期　2003年2月

──選自《南榮學報》9期（2006年5月）

談談鄭愁予〈錯誤〉的可寫性

楊四平

　　鄭愁予〈錯誤〉這首典型的以鄉愁為主題之臺灣現代主義詩歌，從一九五三年發表以來，就從來沒有被充分理解過。對於現代主義詩歌，人們常常認為它更多時候是在裝神弄鬼。就連朱自清當年也說過這樣的話，現代主義詩歌部分好懂而整體就不知所云了。到了八〇年代，袁可嘉還在說，現代主義詩歌整體好懂而部分就難懂了。就是在近代的梁啟超和俄國的普列漢諾夫等人都曾主張審美直覺、審美的整體領會。好像現代主義詩歌整體和部分之間始終難以協調。其實不然。

　　對〈錯誤〉主題的認識，人們一直停留在這樣單一層面上，即把它視為一首現代「閨怨詩」，抒寫的是一個倦守春閨的少婦落寞的心緒和等待的悵然；或者依據本詩的「後記」來推斷它的現代性表現在它不是寫「妻盼夫歸」而是寫「母盼子歸」。「後記」寫道：「童稚時，母親攜著我的手行過一個小鎮，在青石的路上，我一面走一面踢著石子。那時是抗戰初起，母親牽著兒子趕路是常見的難民形象。我在低頭找石子的時候，忽聽背後傳來轟轟的聲響，馬蹄擊出金石的聲音，只見馬匹拉著炮車疾奔而來。母親將我拉到路旁，戰馬與炮車一輛一輛擦身而過。這印象永久地潛存在我意識裡。打仗的時候，男子上了前線，女子在後方等待，是戰爭年代最淒楚的景象，自古便是如此；因之有閨怨詩的產生並成為傳統詩中的重要內容。但傳統閨怨詩

多由男子擬女性心態摹寫。現代詩人則應以男性位置處理。詩不是小說，不能背棄藝術的真誠。母親的等待，是這首詩，也是這個大時代最重要的主題。以往的讀者很少向這一境界探索」。進一步，如果把詩中的「你」、「我」分別看成是現實的影子和歷史的影子，那麼它們就分別指代抒情主人公的現在和過去；所以，我們據此將本詩的主題提升為現代人對歷史的探尋及其探而不得之後的感傷。正所謂「作者之用心未必然，讀者之用心何必不然」（譚獻語）；「作者用一致之思，讀者各以其情而自得」（王夫之語）。可見，人們沒有真正品味出詩中意象象徵的多指性；更談不上對詩歌主題多義性的挖掘了。

從當代接受美學理論來說，對於〈錯誤〉意義的挖掘顯然是一種「曲解」。「『曲解』──或逕用布魯姆自己的語彙：『誤解』──被看作是閱讀闡釋和文學史的構成活動。我們絕不能像傳統批評所相信的那樣去複述一首詩或『接近』於它的本意。我們最多只能構成另一首詩，甚至這種系統的再闡釋也總是一種對原詩的曲解」（霍拉勃語）。當然，這種不確定性又是由確定性暗示出來並受其制約的。因此，在閱讀詩歌文本時，要遵守誘導和規範之間平衡的原則。

下面，我就逐字逐句地解讀這首詩。第一句話很好理解，是說「我」打從江南走過，是一句敘述性的話，是此詩「新詩戲劇化」中「我」這方的出場。而第二句話顯然是此詩「新詩戲劇化」中另一方的出場，也就是「那等在季節裡的容顏」了。這個「容顏」，人們一直在想當然地將其想像成一位女子或者少婦。這是相當狹隘的。而根據與其緊緊相連的比喻性意象「蓮花」來考察，「容顏」應指鄉愁中的人；因為蓮花不僅指女性，而是包括女性在內的君子（我們可以從周敦頤的〈愛蓮說〉得到這樣的啟示）。所以說，僅僅將此詩理解成閨怨詩是偏狹的。而這裡的「容顏」就是第二節裡反覆出現的「你」。這二句詩裡的關鍵字是「等」。就是這個「等」字和「如蓮花

的開落」一起生發出、衍展出第二節。是「你」在等人，等得很久、很淒苦、很無奈，就像年復一年蓮花開了又謝了、謝了又開了那樣，就是不見被等的人出現！從這個意義上講，第二句話統領了第二節；換言之，第二節是對第二句話的推演，是對其進一步具象化、情景化。所以，我有時候就在想：假設把第二節刪掉，或者，既把第二節刪掉，又把末節兩句倒換一下位置，那會出現一種什麼樣的效果？下面我就將我刪改後的兩首全新的〈錯誤〉排出來，以便大家審讀。

第一首〈錯誤〉：

> 我打江南走過
> 那等在季節裡的容顏如蓮花的開落
> 我達達的馬蹄是美麗的錯誤
> 我不是歸人，是個過客……

第二首〈錯誤〉：

> 我打江南走過
> 那等在季節裡的容顏如蓮花的開落，
> 我不是歸人，是個過客……
> 我達達的馬蹄是美麗的錯誤

我覺得，刪改過後，詩顯得更簡練、更含蓄，也更耐讀。當然，我刪掉的是不是真的就是「不利於表現的詞語」，還有待於與作者、讀者商榷。徐志摩的〈沙揚娜拉〉由原來的十八節刪改後只剩下一節。龐德的〈地鐵車站〉也是由原來的一百多行改定為最後的兩行。

第二節主要是對第二行「如蓮花的開落」般的等待進一步具象化、意境化、豐富化。「東風不來，三月的柳絮不飛」。顯然，客觀世界並非如此；而是「你」在長期的苦等之後，終日閉門不出，所以，

在「你」的世界裡就無所謂季節的變化，換言之，「你」已經麻木於時間，不關心季節的變更了。「你」只關心「你」的「歸人」，而不關心外在世界的存在。正是因為如此，「你」就愈來愈寂寞。所以，詩人接著寫道：「你的心如小小的寂寞的城」就不難理解了。而將寂寞比喻成小城，這樣寂寞就成為有長度、寬度、深度的，且有重量的東西了。寂寞，這樣一種很抽象的東西，就具象化了。由寂寞的小城，詩人進一步想像，聚焦到城中向晚的青石的街道，是為了進一步強化寂寞的程度。這一節中最後的兩行詩，是突出「你」在如此寂寞的狀態下等待空寂、孤苦與無奈。同時，這兩行詩與「東風不來，三月的柳絮不飛」構成了因果關係。這樣它們之間在第二節裡就形成一個首尾呼應圓行結構系統。

而第二節和第三節之間形成了很大的斷裂、間隙和沈默，需要讀者來填補此間的「空白」。這就是，在「你」等待到幾乎絕望的時候，突然聽到了外面街道上傳來達達的馬蹄聲。我們可以想像得到，此時「你」是多麼的興奮，多麼的喜出望外！「你」一定會迫不及待地打開塵封已久的緊掩的窗扉，滿懷幸福地迎接「歸人」的歸來。可是，隨著馬上人可以看清了，「你」終於認出了「我」不是「你」等的人。「我」僅僅是個「過客」。「你」是多麼的失望啊！而「我」也是在無意間給「你」帶來了如此的精神折磨。所以詩人說這種過失是「美麗的」。

這首詩明顯地受到了「花間詞」的浸染。因為在其所承載的文化資訊裡可以看到花間詞派的餘韻。請讀溫庭筠的〈望江南〉：「梳洗罷，獨倚望江樓，過盡千帆皆不是，斜輝脈脈水悠悠，腸斷白蘋洲」。再請讀柳永〈八聲直州〉：「想佳人，妝樓顒望，誤幾回，天際識歸舟」。鄭愁予「典化」了它們。

還有一個重要的問題，那就是怎樣理解詩題「錯誤」；因為對它

理解的深淺涉及到對本詩主題把握的深淺。我提出：這既是錯誤，又非錯誤。為什麼說它是錯誤的？這是從具體的「你」和「我」以及兩者之間的關係來說的。如果從寬泛的角度，對海峽兩岸所有鄉愁的人來說，這種類似的等候，這種文化意義上的鄉愁（既非地理意義上的鄉愁又非哲學意義上的鄉愁），又是沒有錯誤的。這樣想來，此詩的主題和意義就很大了。

在本文，我從「秒境旁通」（葉維廉語）的角度，看出了〈錯誤〉意義的明顯生長。不過，我又只是提出這些綱領性的看法，希望引起讀者和詩人本人的批評，使得〈錯誤〉在歷史動態中不斷地累積諸如我這樣的閱讀心得，並最終達到經典化和大眾化。

——選自《國文天地》22卷1期（2006年6月）

美麗的騷動
——試析〈錯誤〉神奇之美

陳德翰

一　前言

　　楊牧在〈鄭愁予傳奇〉一文中盛讚「鄭愁予是中國的中國詩人。」他讚賞鄭愁予能以反常的手法,處理舊題材再創新意,詩作的特色即在「神奇」上。楊牧強調:「讀愁予新詩,先覺得並不稀奇,因為「前人早已道過」,卻又萬分稀奇,因為「先得我心」,他能化腐朽為神奇,在平凡的字面上敷不平的聯想,始者以為他只囿於中國傳統,終者見其普遍性長久性。」身兼詩人與散文大家,楊牧對文學作品的評論向來能言人所不及。本文認為在鄭愁予的詩作中,〈錯誤〉可說盡得神奇之妙,主要在於下列三點:

　　一、主題展現出無常的人生中,有情人的況味。

　　二、形式深具聲情之美,表現的手法無理而妙。

　　三、內涵能反常為道,有獨特情感之美。

二　詩的主題:無常人生有情人

　　這是一首傳誦久遠的閨怨詩,詩名為錯誤,詩中有「美麗的錯誤」一語,直破主旨。美麗與錯誤看似無關,經作者的巧思後,卻能

靈妙地調合理智與感情的衝突，用藝術的詞彙來說明矛盾的存在，從中國傳統詩的意象出發而翻轉出奇，進而引發出令人遐思的新意，無怪乎楊牧讚嘆為「中國傳統詩的技巧革命」。

從主題切入，這是一首情詩，而情詩一向是中國詩作中的一大主題。就以最早的詩歌總集《詩經》來說，其中數量最大，最為人稱道的，恐怕還是情詩。光是〈國風〉部分，這類作品就有六十多首，超過全部〈國風〉詩的三分之一。而其中又以閨怨詩為大宗，或寫役人之閨婦，或寫失寵之棄婦。寫役人之閨婦如〈召南‧殷其雷〉、〈邶風‧雄雉〉、〈王風‧君子于役〉等，多以古樸內斂之筆，道盡政亂人散，君子行役，思婦懷憂之苦。寫失寵之棄婦如〈召南‧江有汜〉、〈邶風‧柏舟〉等皆以女方之溫順堅貞，反襯出男女之薄情善變，雖語帶幽怨卻無憤恨之情。

中國閨怨詩的發展，大抵仍以詩經為濫觴，至唐代則失寵怨棄之閨怨詩乃大行其道。從情感的表現來看，詩經哀而不怨，不失溫柔含蓄之本質，其寫思婦、棄婦之憂思愁悶，亦只言思念而不見怨嘆之苦。兩漢以降，閨怨詩則以婦女傷別見棄之作為主。至唐時乃成為創作的主題，表達手法亦日趨多變，而且大家輩出，如李白的五絕〈玉階怨〉、王昌齡的七絕〈閨怨〉等。至此，以思婦之盼歸人為題材，或為弱勢女性發聲，或為自憐自況之作品，乃至百家爭鳴，為唐詩宋詞增色不少。

本詩的主題是看似最通俗卻是永恒存在的人間至情。可貴的是，不同於前人的表現哀婉的手法，作者在無常的人生中，卻能表現出有情的人間況味。浪子與思婦的巧遇是一場浪漫而快意的邂逅，但情感的收放卻是斷然而決然，為避免雙方陷於感情的流沙，浪子的抉擇看似無情卻有情，作者在主題思想的處理上一反態，而跳出舊思維，結局雖令人錯愕，卻能引起無限的遐思，在詩中不見哀憐，卻能令人驚

嘆連連。

討論鄭愁予的作品，最為人所樂道的是他詩中的古典意象。一般以為〈錯誤〉的原型係脫胎自中國傳統的閨怨詩。鄭愁予亦認同這種說法。他說：

> 這首詩在內容上，它與某些傳統詩歌十分類似，可見詩從古代到現代，內容是沒有改變的，只是表達的方式有所不同。語言方面，它突破了中國方言的限制，當我們用廣東話去朗誦這首詩時，在味道上當然與用國語來念不同，但卻有一種美感。

只要能自圓其說，詩可以多方解讀，這是它不同於別種文類的一大特性。也因為詩的多義性，使得它較其他文類更為可親，其可貴之處亦在於此。這是我們讀詩時不能忽略的一點。對於〈錯誤〉的解讀除了〈閨怨〉的刻板印象外，我們不能不注意到作者的成長經驗，及其所觸發的創作動機。鄭愁予二十二歲時寫就此詩，正是結束故國流浪歲月後的第五年，屬於適應新生活和重整舊經驗的磨合期。如果說〈錯誤〉是詩人對流浪生活的一些體驗未嘗不可，但這似乎未觸及作者創作意念的核心。實則，一篇作品的完成，往往是作者外在經驗與內在情感的揉合，經長期的醞釀轉化而成。因而文學創作絕不是作者單憑一時的衝動，去記錄一個時間點的事情。它必須是作者用心去感動，甚至用生命去體會，而後把片片段段的人生經驗整合起來。不同於其他的作品，〈錯誤〉在詩人的生命中具有指標的意義，除了是早期的典範之作外，更是年少情懷的投射。對此，鄭愁予有一段非常感性而真情的談話，他說：

> 我說過自己因為逃避敵人，走過許多地方，看過不同的情景，如等待中的婦人，我母親就是很好的例子。那時候，父親在前

　　線作戰，她便跟我相依為命，成了這首詩最根本的因素。

　　因此，就詩人本身的創作動機而言，〈錯誤〉的主題不同於一般傳統的閨怨詩。它不是隨機感懷，為人興嘆的泛泛之作。至少是作者真實情感的寄託，和經驗投射的力作。一首飽孕含蓄而浪漫的情懷，看似吟詠怨情的現代詩，卻以最傳統的意象撥見作者最敏感的心思，和最深沉的情感。易言之，詩中展現浪子的不羈，和思婦的情感，是詩人對母親的深切同情，也是對安定生活的渴盼。這種流浪的意識，使得鄭愁予的作品充滿著無常觀，忽略了這個重要的質素，而解讀他的作品，將是霧裡看花，美則美矣，卻不明所以。

　　至於將作品抽離作者而解讀，自然可以各自表述。甚至有人以泛政治化的現象，將這首詩曲解為對臺灣沒有感情的過客思想。固然這是政治民主化所不能免的現象，但強作解人不但自曝其短，更是對文學創作的一大傷害。至於詩人早就以行動來印證對這片土地的情感，不但在詩作中處處可見歌詠臺灣，乃至離島的山川文物，人民生活。甚至於二〇〇六年六月偕夫人落籍金門，並展開一系列「情歸浯江」，與「文化尋根」之旅，因而詩人說：「我是屬於金門的」，既是歸人，不是過客，則對〈錯誤〉的這番曲解將毫無意義。

三　詩的形式：聲情之美無理而妙

　　現代詩既被稱為「橫的移植」，則其表現手法很難不受到西方的影響。鄭愁予卻能以古典的手法翻新中國詩詞的意象，再以現代詩的技法來展現，建立獨樹一幟的藝術風格。鄭愁予曾說：「每個人都要找到自己的語言、自己的調子。」詩人用自己的語言、自己的調子形成所謂「愁予式的魅力」，而〈錯誤〉則把這種魅力發揮到了極致。

就詩的形式美學來說：〈錯誤〉的故事內容雖然單純，但詩的形式和結構卻是精巧無比，宛如一闋宋詞小令；又像一齣令人回味無窮的袖珍短劇。第一句「我打江南走過」，用短促的句法象徵過客之匆匆，看似瀟瀟不羈的心懷，已透射出浪子的意識。第二句「那等在季節裡的容顏如蓮花開落」，用的是由單音節組合而成的長句，在意象上產生「頓挫」的效果。既暗示思婦日復一日，年復一年的漫長等待；又同情那等待的容顏，將會無聲無息地老去，如蓮之花開花落。「蓮」字在此至少有三層象徵的意思，既是清麗容顏的象徵，又有「連」、「憐」的擬聲涵義，以音響的延伸來暗示等待的漫長，和對思婦年華老去的同情。首二句低兩格排列，看似突兀，卻獨具巧思，以「詩序」的形式，點明了故事的主題。

情節的展開更見作者翻化古典意象之妙。首先，在空間的安排上，由煙雨多愁的江南起興，依次壓縮到寂寞的城、青石的街道、窗扉、再緊扣思婦所在的春帷，最後再投射到她所癡心凝聽的馬蹄上；在感官知覺的運用上，由緊密層遞的視覺意象，至久盼不到的跫音，最後落在一絲如縷的馬蹄上；因而閨中人的心情起伏，也跟著起了微妙的變化。由最初寂寞的漫長等待，隨著窗扉、春帷的若揭若閉而開啟一絲的曙光，而盼望、癡想、狂喜，最後卻跌入失望與惆悵的谷底，以情緒的反差來表現出詩的戲劇性，細膩寫出思婦既期待又怕受傷害的心理。

這首詩在有限的空間衍生無限的哀愁。詩人以筆運鏡，由大而小，由遠而近而特寫，宛如蒙太奇的手法，使背景的呈現有了層次的美感；在環境的掌握上，有令人意不適的黃昏向晚，有擾人春意的東風三月；人物有行吟獨白的天涯浪子，和苦苦守望的深閨怨婦，形象上有了強烈的對比；引用的古典意象，有蓮花外，東風、三月的柳絮、向晚的青石街道、不響的跫音、三月不揭的春帷、緊掩的小小窗

扉、達達的馬蹄……，由這些組成動人的故事。東風、柳絮、跫音、春帷的意象看似陳腐，卻因「不來」、「不飛」、「不響」、「不揭」、「緊掩」等連續否定的意象而翻新出奇，同時亦寄寓希望之落空。

　　詩人一反閨怨詩的傳統，不由守空閨的思婦起興，而將視角移往浪子身上，從側面烘托出主題，宛轉點出思婦的「怨」，尤具巧妙。整首詩只有短短的九行，分三節代表三種情境。前二句為序，暗示過客之匆匆和等待之無奈漫長；中間一節為故事的主體；最後一節，是結局的高潮。這樣的安排構成一齣完整的戲劇情節，而且古色古香，是現代詩中少有的例子。對於這樣的安排，鄭愁予曾現身說法：

> 這首詩為了表現馬匹經過街道，所以在詩句的安排上有些特別，前面和後面的兩行，類似馬蹄的行動；而中間有五行，主體的是的過路的人，客體是等待的人。至於節奏感方面，往往短句的節奏比較慢，長句的節奏則較快，在我其他詩中也有這樣的情況。

　　詩的本質在表現詩人的情懷、情思和情趣。鄭愁予的詩一向予人「蒼涼」之感，除了詩中表現的浪子意識外，還有一項重要的特色就是聲籟華美，形象準確，詩中的悲婉蒼涼之音，往往能啟人共鳴。朗讀此詩，將可在悠然有致的音韻中，感悟詩的蒼涼之美。

　　從音韻上來賞析，整首詩的聲籟渾然天成，看似無理，卻妙趣橫生。第一節的「過」與「落」相鄰相諧，自然和諧；第二節的「向晚」與「緊掩」是隔句押韻，互為應和。其次，句中韻也是首尾呼應，錯落有致，如「心、城、青、音、心、緊」以ㄣ、ㄥ相間，並呼應最後一行的「人」，相迭相宕的音效給人有蒼涼幽渺之感，正合本詩的基調；而第二節中的「三月的柳絮」、「三月的春帷」和「小小的寂寞的城」、「小小的窗扉」，不低互為排比類疊，更造成意象和語言

的迴環繁複；第一節「過」「落」和第三節「錯」「過」遙相呼應；第一節「季節」與第二節「街道」、「不揭」相對，「節、街、揭」同音迴複；第一節「容顏」與第二節「緊掩」相諧，「顏、掩」協韻；第二節「不飛」「春帷」「窗扉」與最後一行「不是歸人」，「帷、扉、歸」同韻造成音節的迴盪；而「小小」「達達」「不來」「不飛」「不響」「不揭」更造成類疊的效果；而神來之筆「我達達的馬蹄是美麗的錯誤」，妙用句中韻，更充滿輕柔飄逸的音韻感。整首詩的聲韻，信筆拈來，不以技巧為技巧，看似辜無章法，卻自然和諧。所以欣賞鄭愁予的詩，宛如聽一則故事，看一篇一部小說，或者欣賞一齣戲劇，同時有悠揚跌宕的樂音相伴。因而他的詩深具聲情之美，能產生意象化、立體化的舞台效果。

四　詩的內涵：情感之美反常為道

鄭愁予既稱「浪子詩人」，那麼浪子不論在生活上或感情上永遠是「過客」。生活上不能久居一處，情感上也不會專情一人。浪子與思婦的邂逅是一場錯誤的艷遇，注定是無言的結局，因而情感的表現，就更顯得淒美迷離。詩情以宛轉為美，〈錯誤〉在情感的呈現已得《詩經》溫柔含蓄之妙，雖哀而不怨，結局只有引人遐思的淡淡愁緒，隨著達達的馬蹄漸行漸遠，而欲訴還休，而擴散迴盪。

首先從人物的感情發展來看。葉維廉曾以「離合引生」的觀念來詮釋詩學：「把概念化的界限剔除，我們的胸襟完全開放、無礙，像一個沒有圓圈的中心，萬物可以重新自由穿行、活躍、馳騁。」「離合引生」正是道家的自然觀，《道德經·第十六章》：「致虛極，守靜篤，萬物並作，吾以觀復。」人的致虛守靜，正是從有的層次回歸到無的層次。

　　由無的層次返觀自照，在虛靜中才能洞察萬物的運轉皆有其極限，這是道家的無常觀。用這個觀念來解析〈錯誤〉，便能掌握其中的奧秘。〈錯誤〉的情感主線從浪子的出現，緊扣著思婦寂寞的芳心開始。本來不相干的兩個人，宛如從不同時空飛射過來的平行線，乍看之下似乎有了交集，結果卻是擦身而過，徒留惆悵，而成了歪斜線，情感的交集若有卻無。作者在這段感情的處理上，先由無中開出有的希望，沿著一條自然的韻律發展，沒有人為的造作和干涉，最後情感的歸宿卻各自回到原點。等待的人依舊是無窮的等待；流浪的人繼續浪跡天涯，兩顆寂寞的心，經過長久的尋覓和等待，恰似兩條高掛的彩虹，美則美矣，終歸幻滅。

　　詩評者往往以矛盾的觀點來詮釋本詩，黃維樑卻認為以布魯克斯（C. Brooks）的矛盾語觀點，來欣賞「美麗的錯誤」，並未能盡得此語之妙。他說：

> 蹄聲是美麗的，因為女子以為來者歸人，但情景瞬即逆轉，「我」不是歸人而是過客，這就是「錯誤」之所在了，「達達的馬蹄」起先所代表的美麗，好像杜甫的「畫省香爐」、王翰的「葡萄美酒夜光杯」；「不是歸人是個過客」所代表的「錯誤」，則如「違伏枕」、如「欲飲琵琶馬上催」。前後情景的逆轉，產生了高度的戲劇性。

　　文學作品之所以感人，在其高度的戲劇性，因戲劇性而產生感染力，透過讀者對作品的解讀，而有不同的詮釋，〈錯誤〉之所以不朽，在其反常為道的情感之美，營造出淡淡的悲劇色彩，反而產生看似矛盾，實則令人驚嘆的效果。

　　其次從結局來探討。情之為物，直教人生死以相許。因而情感的處理，是人生的難題，也是文學的難題，情感與理智的抉擇本是人生

的兩難。其實談感情，只要出自真誠，堅貞自誓，無論結局如何，是淒美，是絢美，抑或樸實之美，無不美麗浪漫；如果加入理智的控制，或者是更多的痴情妄想，少了執著，多了權變，情感有了頓挫，就少了天真浪漫。於是情人就免不了分手，不論是誤會的或者是冷靜的方式分飛，總是無法彌補的遺憾，所謂的「錯誤」就產生了。然而，分手與錯誤有一定必然的關係嗎？錯誤的結局一定是不美麗嗎？美麗和錯誤是矛盾的存在，詩人卻逆向思考，用最矛盾的言詞，來表現這種奇特的現象，形成「美麗的錯誤」的另一種美感。這種反常為道的美，造就鄭愁予的特有風格。

五　結論

〈錯誤〉不僅主題的表現能出人意表，在形式上具聲色之美，而在情感的表現上，更是細膩婉約，往往在詩意的背後，產生一股動人的力量，如飲醇酒，愈陳愈香。文學作品之所以不朽，作者之所以不死，即在於其內容能喚起人類的普遍同情，其技巧可以放諸四海皆準，而其價值可以與日俱僧。在中國時報舉辦過的「影子三十好書票選」活動中，《鄭愁予詩集》是唯一入選的現代詩集。準此以觀，楊牧之評鄭愁予洵非過譽，而本詩尤其盡得鄭氏詩情之妙，深具神奇之美。

——選自《明道文藝》372期（2007年3月）

〈錯誤〉如何融古典於現代？

林翠華

一　前言

　　鄭愁予的〈錯誤〉以中國傳統古典詩詞中常見的閨怨為主題，內容也一再出現古典詩詞常見的意象，對古典的繼承明顯可見，然而此詩卻不因主題意象的「陳舊」而埋沒於古今浩瀚的詩海中，反而是一首膾炙人口成功的現代詩。雖然鄭愁予未曾標舉自己作詩是用「點鐵成金」「奪胎換骨」之法，然而，鄭氏確實有意的使用典故，繼承古典文學的能量來創造新的古典[1]，這樣的精神和「點鐵成金」「奪胎換骨」的創作法則有一致性。故本文選擇以此詩為例來分析「點鐵成金」「奪胎換骨」在現代詩中的應用，藉以突顯詩歌創作理論不受時空的限制，現代人仍可以應用中國古代詩話的理論來創造屬於現代的新作品。

1　鄭愁予談自己的詩，在〈典故的文學性與趣味性〉一文中寫到：「用典故絕不可怕，直接以傳統方式行之固不可取，如果用現代手法將典故意象化，以新生語言製造連續隱喻在詩中進行，終使之成為詩的主題。」又說：「作為一個寫現代詩的我，更著重的是整個古典的精神內涵，我熟識古典，願意用它給我們的文學和文化的能量來創造新古典，藉著碑碣作為踏腳石，躍向一個新的語言境界。」（文見《聯合文學》220 期〔2003 年 2 月〕，頁 70）鄭氏這樣的理念和本文所析之「點鐵成金」「奪胎換骨」一致。

（一）點鐵成金──工於用字造句

黃庭堅講「點鐵成金」，標榜「無一字無來處」「取古人之陳言入於翰墨」，強調多讀書的重要，藉由閱讀前人佳作，從中習得用字之妙與句法文章結構的法度，故以下從「用字」與「結構」來分析鄭愁予的〈錯誤〉。

1　用字獨特（包括聲韻的處理）

〈錯誤〉一詩起首兩行略低於全篇，作為詩序，具有總括全篇的作用，詩意的原始結構是「走過／等著」。走過的人，走過江南，剎那間完成他的動作，句法簡潔短促。比較特別是使用「打」字，「我打江南走過」意思也就是「我從江南走過」，但「打」字比「從」字，更能顯出陌生化的效果。再者，作者使用一個「打」字把處所「江南」挪前，變化句式，並為押韻做準備。[2]

而等著的人，持久凝定，日復一日、花開花落的等候著。第二行是全詩最長的一句，暗示著漫長的等待，「季節」表時間，「等在季節裡的容顏」就像李白詩〈長干行〉：「坐愁紅顏老」，在季節的交替中時光流逝，那容顏卻只能隨著時光流逝，無止盡的等著。一次又一次的興起希望，好像蓮花之開；一次又一次的失望，好像蓮花之落。隨著季節的變遷周而復始，精準的呈現「等著」的狀態。「蓮花」與「我打『江南』走過」相呼應（江南可採蓮），又暗示那等著的人如

2　見廖祥荏：〈一分鐘星蝕──鄭愁予愛情詩評析〉，《中國語文》89 卷 4 期（2001 年 10 月）；唐捐：〈現代美典，古典詩意──鄭愁予〈錯誤〉導讀〉，《幼獅文藝》598 期（2003 年 10 月）。廖氏在其文中引述鄭愁予說：「這首詩為了表現馬匹經過街道，所以在詩句的安排上有些特別。前面和後面的兩行，類似馬蹄的行動；而中間有五行，主體是過路的人，客體是等待的人。」

蓮花一般（容顏像蓮花美麗，等待愛人的情操也像蓮花清白），「開落」二字，既形容那等著的人打開窗扉、笑顏綻放，復而失落；也暗示季節變遷的周而復始。

此外作者還使用了「東風」「柳絮」「春帷」等古典詩詞常見的詞藻，精美細巧酷似詞中的婉約派，「向晚」「跫音」也都是文言字語，吸引讀者進入一種隱約迷離的詞境[3]。在語言的使用上，以彈性較大的白話語法納入簡約的文言字語，是此詩的一大特色。在聲韻方面，作者亦多有用心，例如首段用「打」字把「江南」挪前，「走過」的「過」字遂與「如蓮花的開落」的「落」字押韻；青石街道「向晚」，將時間詞挪後，好與窗扉緊掩的「掩」字押韻，而且此句結束於「向晚」二字，使詩意富於漸近性和暗示性，我們彷彿可以想見視域之漸漸歸於夜黯；最後收束於「緊掩」也有類似的好處[4]。使用疊字如：小小、達達，類疊如：不來、不飛、不響、不揭。聲韻的重疊，造成迴音重複，使等待的氣氛更為凝重。[5]

這裡我們見識了「詩語決定詩意」的可能，由於「說的方法」充滿魅力，遂使「說的內容」取得意味[6]，這也就是形式主義所強調的內容暗示著形式的某些因素，形式與內容不能二分。照雅克慎的說法，詩歌的功能在把對等原理從選擇的層面投射到組合的層面上去，作者自垂直軸中選擇要用的字，放在水平軸以組成出現的句子。在此鄭愁予有意的以彈性較大的白話語法納入簡約的文言字語，製作出急

3　見黃維梁：〈江晚正愁予——鄭愁予與詞〉，《中外文學》第 21 卷第 4 期中引用繆鉞的詞論，認為鄭愁予的現代詩常用精美細巧的詞藻形塑隱約迷離的詞境，酷似詞中婉約派。

4　見唐捐：〈現代美典，古典詩意——鄭愁予〈錯誤〉導讀〉。

5　見林碧珠：〈「美」從何處來——鑑賞與昇華〈錯誤〉一詩〉，《中國語文》92 卷 1 期（2003 年 1 月）。

6　見唐捐：〈現代美典，古典詩意—鄭愁予〈錯誤〉導讀〉。

緩交相的節奏，因讀者對熟知的詞字較易引起共鳴，因而使此詩充滿
文采趣味。「點鐵成金」所標榜的「取古人之陳言入於翰墨，如靈丹
一粒，點鐵成金」在此獲得實踐。[7]

2　結構法規──空間處理技巧

　　一般談到「點鐵成金」可能比較多強調「無一字無來歷」，考諸
黃庭堅的詩論，他對「法」的重視，不只是「用字」而已，所謂的
「古人繩墨」還包括句法篇章結構。鄭愁予的〈錯誤〉一詩，在空間
處理的技巧，亦有與古人雷同之處。

　　〈錯誤〉的空間處理像是拿了一部攝影機從遠景、中景、近景、
而至特寫；也就是從面、線，慢慢聚焦於特定的「點」上，詩中的場
景從江南、而城、而街道、最後聚焦於「窗扉」，跫音響起，春帷揭
開，「你」（在原地等著的人）的心像小小的窗扉緊掩[8]。這樣的空間
處理，讓人聯想到古詩十九首的〈青青河畔草〉，這首等候蕩子的閨
怨詩開始於「河畔」，進而「園中」，然後是「樓上」，樓上有一女，
皎皎「當窗牖」，接著是特寫鏡頭：「娥娥紅粉妝，纖纖伸素手」，最
後是她的心理描述[9]。在空間結構上，古今兩首閨怨詩竟然「不約而
同」。也許是這樣的空間經營方式，更能凸顯主題（焦點），更能留給

7　關於雅克慎的說法與俄國的形式主體，見前註。葉嘉瑩認為：「讀者對熟知的詞字
　　較易引起共鳴，這也是何以古人重視用字要有出處之原故」（見葉嘉瑩：〈漫談中國
　　舊詩的傳統〉，收入李正治主編：《政府遷台以來文學研究理論及方法之探索》，臺
　　北市：臺灣學生書局，1988 年，頁 363）；不只古人如此，鄭愁予亦有意的以彈性較
　　大的白話語法納入簡約的文言字語，見鄭愁予：〈典故的文學性與趣味性〉，頁 74。
8　見林碧珠：〈「美」從何處來──鑑賞與昇華〈錯誤〉一詩〉。
9　古詩十九首〈青青河畔草〉：「青青河畔草，鬱鬱園中柳。盈盈樓上女，皎皎當窗
　　牖。娥娥紅粉妝，纖纖伸素手。借為倡家女，今為蕩子婦。蕩子行不歸，空床獨難
　　守。」

讀者無窮的想像空間與填補空白的時間，藉著場景的挪移由遠而近、由大而小，更顯出幽居深閨的等待者的寂寞。

（二）奪胎換骨──傳統意象的經營

許多人視〈錯誤〉為「用白話文寫成的古典詩」，因為它大量動用古典的語碼與情緒，用主題是歷代文人所反覆吟詠的閨怨，有許多古典詩原型[10]。換言之，此詩的主題、意象，都繼承了古典詩詞的閨怨傳統，在「師其意」的情況下，作者如何在句法上經營出屬於個人的、現代的特色？「奪胎換骨」所提示的「不易其意而造其語，窺入其意而形容之」的創作法則，作者如何巧妙運用？以下就從「不易其意而造其語」「窺入其意而形容之」兩種方法來分析討論。

1 不易其意而造其語

「換骨」法不改變舊作的意象（不易其意），而在語言形式上講究變易（造其語）。〈錯誤〉一詩使用傳統古典詩常見的意象板塊，諸如：江南、蓮花、東風、柳絮、春帷……大多沒有變易它們原來的情韻，只是在句法上翻疊變化。

例如：江南和蓮花，「江南可採蓮」，我打江南走過，看見蓮花是極其自然的事，江南總是令人聯想到煙雨迷離的田田荷園，廣闊的平

---

10 黃維梁：〈江晚正愁予──鄭愁予與詞〉認為：「這首詩如果放在一本英譯宋詞選集裡，對中國新詩認識不深的讀者，一定會以為它就是一首詞，無法與集中其他作品區分。」（見《中外文學》第 21 卷第 4 期，頁 89）；林綠則認為此詩除了繼承白話文學的流風之外，其實也含蘊了中國古典詩的精神，其意境可謂中國文化的傳承，可視為用白話書寫的古典詩，母題是唐詩宋詞常見的春怨春思春詞（閨怨）等待歸人，有許多古典詩原型。見林綠所寫〈鄭愁予「錯誤」的傳統訊契〉（國文天地 1997）。唐捐也持此看法，見〈現代美典，古典詩意──鄭愁予〈錯誤〉導讀〉。

原與大澤，在那裡有一等在季節裡的容顏如蓮花開落。容顏如蓮花，
蓮花的意象是潔美的、惹人憐愛的。鄭愁予並沒有變動這些意象的內
涵，但在文字的組合上卻採用現代詩的語法，變化句式、長短不拘，
產生現代感十足的律動。

　　東風與柳絮，更是古典詩中常見的一組語碼──杜甫〈漫興絕
句〉：「顛狂柳絮隨風舞」，蘇軾〈蝶戀花〉：「楊花猶有東風管」，曹雪
芹〈唐多令〉：「嫁與東風春不管」都可看出在古典詩詞中東風與柳絮
的關係。在〈錯誤〉一詩中，鄭愁予延續此傳統，但不直述而採翻疊
的語勢：「東風不來，三月的柳絮不飛」，事實上，東風來了，三月的
柳絮也隨風飛舞。這一句表面上寫江南三月的柳絮紛飛，其實暗有所
指，與下句「跫音不響，三月的春帷不揭」互相呼應。

　　「春帷」一詞，讓人聯想到李白的〈春思〉：「春風不相識，何事
入羅帷？」[11]當「燕草碧如絲，秦桑低綠枝」的大好春日，獨居深閨
的人等不到懷歸之君，痛斷肝腸，此時春風吹進羅幃，深閨之人原想
閉門索居，不料卻有春風揭開羅幃，但這春風卻不是她所等待的人。
〈錯誤〉一詩中，揭開羅幃的不是「春風」，而是「跫音」，跫音使等
著的人以為她所等待的人已經歸來，所以揭開春帷探視。若是沒有這
錯誤的跫音，春帷不會揭起，「我」也看不到「那等在季節裡的容顏
如蓮花的開落」。此處以「春帷」來表現一種緊閉、隔絕的意象，為
愛人而封閉自己、只為愛人而開啟，這和「春風不相識，何事入羅
幃？」的「羅幃」意義相同，但在句法上，配合上一句的「東風不
來，三月的柳絮不飛」，以白話語法夾入古典的「春帷」一詞，不易
其意而造其語。

---

11 李白〈春思〉：「燕草碧如絲，秦桑低綠枝。當君懷歸日，是妾斷腸時。春風不相
　　識，何事入羅帷？」

　　經由以上的分析，不難發現：鄭愁予的〈錯誤〉詩中所使用的意象、情韻繼承古典，而句法上卻有所變異，採用現代語式，形塑出此詩獨具一格的現代特色。由此可見：「不易其意而造其語」的「換骨」法，確實可以創造出具有獨創性的作品。

2　窺入其意而形容之

　　「閨怨」是古典詩常見的主題，古詩十九首的〈青青河畔草〉：「青青河畔草，鬱鬱園中柳。盈盈樓上女，皎皎當窗牖。娥娥紅粉妝，纖纖伸素手。昔為倡家女，今為蕩子婦。蕩子行不歸，空床獨難守。」王昌齡的〈閨怨〉：「閨中少婦不知愁，春日凝妝上翠樓；忽見陌頭楊柳色，悔叫夫婿覓封侯。」溫庭筠的〈憶江南〉：「梳洗罷，獨倚望江樓，過盡千帆皆不是，斜陽陌水悠悠，腸斷白蘋洲。」柳永的〈八聲甘州〉：「想佳人，妝樓顒望，誤幾回，天際識歸舟。」從漢代古詩到宋詞，閨怨所表現的都是「久待不果」的憂傷愁緒，〈錯誤〉的詩意和以上諸詩相同，鄭愁予如何踵事增華、窺入其意而形容之？

　　傳統的閨怨詩，「說話者」常是久待情郎不至的歸人，多是以「代言體」的方式出現，在詩中我們只看到「懷思者」等候著「被懷思者」，並無第三者的出現[12]。而〈錯誤〉因為「我」的直接介入，使詩中等候的怨婦，多經歷了另一重的悲哀。

　　久候不果，令人心灰意冷而生悔恨憂傷。柳詞「誤幾回天際識歸舟」，溫詞「過盡千帆皆不是」，斜陽下白日將盡，整天的等候全付諸

---

12 見黃維樑：〈江晚正愁予——鄭愁予與詞〉，唐捐：〈現代美典，古典詩意——鄭愁予〈錯誤〉導讀〉。以本文所引的四首古典作品為例，〈青青河畔草〉的「說話者」是那位在樓上當窗等候的婦人；王昌齡的〈閨怨〉、溫庭筠的〈憶江南〉都由詩人揣摩思婦心理而為其代言；柳永的〈八聲甘州〉：「想佳人，妝樓顒望，誤幾回，天際識歸舟」則是禮懷思者想像懷思的心理。以上這些作品，在懷思者與被懷思者之外，並無第三者的介入。

流水，令人腸斷……這些都是思婦可能有的情緒。等不到固然可悲，
等到一個「美麗的錯誤」，希望燃起而後幻滅，瞬間跌落絕望的深
淵，其間的心緒起伏波動，更劇於「久候不果」的心灰意冷。

　　〈錯誤〉詩中「我」直接介入懷思與被懷思之間，我打江南走
過，像東風吹起柳絮、跫音揭開緊閉的春帷，那等在季節裡的容顏聽
到達達的馬蹄，心中燃起希望如蓮花般綻放，可惜，「我」不是歸
人，不是思婦所懷思、等待的人，達達的馬蹄，僅僅只是走過，希望
落空的思婦，再度將窗扉緊掩，落寞的神情就像一朵蓮花凋落。就在
「我」走過的瞬間，漫長等待而心灰意冷的斷腸人，燃起一線生機、
滿懷希望，心如柳絮飛舞，揭開春帷，歡欣的迎接所愛的人歸來，剎
那間的錯誤（達達的馬蹄）帶來美麗的期望，這期望卻又瞬間成空。
鄭愁予借由「我」這個過客，將閨怨之情更加深了。所謂「窺入其意
而形容之」，鄭氏把握傳統閨怨詩的情感意境，復予以深化，所表現
出來的詩意更令人感動。[13]

（三）古典詩意的再生

　　〈錯誤〉一詩的主題與情感十分傳統，放在文學史的脈絡中，不
過是無數閨怨詩之一，描寫寂寞的婦人無止境地等待男人，這與古典
詩詞中的那些婦人無大分別。然而，形式的改變、句法的更新，可以
營造出不同的美感。詩語決定詩意，由於「說的方法」充滿魅力，遂

---

13 沈謙：〈從何其方到鄭愁予——比較評析「花環」與「錯誤」〉（《中國現代文學理
　　論》1996 年 3 月）認為：「就內涵上而言，脫胎於宋柳永的詞〈八聲甘州〉。」吾
　　人以為：柳永的〈八聲甘州〉是被懷思者想像懷思者的懷思之情，「想佳人，妝樓
　　顒望，誤幾回，天際識歸舟。」這是想像之詞；而〈錯誤〉卻以身為第三者的
　　「我」親自介入，親眼目睹一場「美麗的錯誤」，客觀的呈現思婦滿懷期待瞬間落
　　空的閨怨愁腸。親眼目睹較之柳永的隔空懷想，更讓人印象深刻。此即「窺入其
　　意而形容之」的「奪胎」法。

使「說的內容」取得意味。[14]陌生化的句型加上具有豐富內涵的古典意象，遂使此詩有令人再三吟詠玩味的情韻。在繼承古典文學遺產之後，鄭愁予如何使古典詩意再生？綜合言之，約有下列數端：

1 現代句式

〈錯誤〉是一首現代詩，雖然主題、意象、情感，都繼承古典，其句式卻是現代的白話語文。異於古典詩詞的規矩，也不是口語化的生活用語，而是靈動的、陌生化的詩歌語言。我們在欣賞這首詩時，可以特別注意詩人在句法上的特色。寫現代詩的鄭愁予，喜歡用現代手法將典故意象化，以新生語言製造連續隱喻，特別是語言的使用用，以彈性較大的白話語法法納入簡約的文言字語，製造不疾不徐的，有時是急緩交相的節奏，產生獨特的文采趣味。[15]

2 詞語羊謬

「美麗」與「錯誤」表面上看來是互相矛盾的，既是「錯誤」，如何成就「美麗」？既然「美麗」，何等遺憾的，竟是個「錯誤」？乍看之下，似乎十分弔詭，「錯誤」與「美麗」之間產生的衝突，更加引人思索玩味。這樣的「詞語佯謬」（美麗的錯誤），無疑具有現代之氣息。詞語佯謬是現代西洋詩與中國新詩常用的修辭技巧，在傳統中國詩詞較為少見，在這層意義上，〈錯誤〉不愧為現代的產品。[16]

---

14 見黃維梁：〈江晚正愁予——鄭愁予與詞〉，唐捐：〈現代美典，古典詩意——鄭愁予〈錯誤〉導讀〉。

15 見鄭愁予：〈典故的文學性與趣味性〉。

16 見黃維梁：〈江晚正愁予——鄭愁予與詞〉。「美麗的錯誤」一語所表現的情境內涵已於上文分析過，此處不再贅言。

3 新的結構

鄭愁予說:「這首詩為了表現馬匹經過街道,所以在詩句的安排上有些特別。前面和後面的兩行,類似馬蹄的行動;而中間有五行,主體是過路的人,客體是等待的人。」[17]這樣的結構安排和古典閨怨詩的傳統並不相同,古典詩詞裡大多以思婦為主體,靜態的一直等著,懷思者與被懷思者之間,看不到第三者。而鄭氏的〈錯誤〉卻以動態走過的過客為主體,中間五行的閃爍與緊張,是過客所引起的騷動,也是身為主體的過客對客體(等待者、思婦)的觀察。一動一靜之間的交會,相遇的剎那,產生「美麗的錯誤」。「我」的直接介入,使這首詩的結構生變,雖然在空間的處理上由遠而近、由大而小,是古典詩詞常見的空間處理方式,但此詩的空間感卻是由「走過」的過客所帶出來的,這卻是傳統閨怨詩少見的。更特別的是,最後一句「我不是歸人,是個過客……」,刪節號的使用,充滿現代感。

四 餘論

以鄭愁予的〈錯誤〉來分析「點鐵成金」「奪胎換骨」在現代詩中的應用,我們可以發現:縱使是相同的主題,並且使用古典詩常見的意象,夾入文言字語,仍有可能創造出獨具特色的優美作品。故「點鐵成金」「奪胎換骨」絕對不是剽竊蹈襲、在古人作品中討生活尋創造,相反的,是一種繼承而創新的手段。基於「本文互涉」的原則,作品不會獨立存在,沒有一篇作品和其他作品完全沒有關係;從「信息論美學」來看,文學創作欲具有「可理解性」,就必須有相循

---

17 見廖祥荏:〈一分鐘星蝕──鄭愁予愛情詩評析〉引述鄭愁予之語。

相因的繼承性。這些理論都證實「點鐵成金」「奪胎換骨」有其內在
合理性。再者，古典詩詞傳統裡所積澱的意象板塊，都具有一種超穩
定的情韻與豐富的內涵，善加利用它所帶給我們的文學和文化的能
量，可以創造出新的典律。鄭愁予熟識古典，著重整個古典的精神內
涵，他有意以古典為踏腳石，躍向一個新的語言境界，〈錯誤〉不過
是他諸多作品中的一首，此詩可以印證「點鐵成金」「奪胎換骨」的
創作法則不受時空的限制，不分古今，任何文體都可以使用這些創作
理論。相信還有很多現代詩可以作這樣的分析，古典詩學創作理論也
不必囿於古典園地之中，如何結合古典詩學與現代創作，是筆者努力
的目標，本文不過是初步的嘗試，希望將來能作更深更廣的探索。

參考文獻（依作者姓氏筆畫排列）

一　書籍

朱東潤　《中國文學批評史大綱》　上海市　上海古籍出版社　1983年

成復旺、蔡鍾祥　《中國文學理論史》　臺北市　洪葉文化　1993年

李正治主編　《政府遷台以來文學研究理論及方法之探索》　臺北市　臺灣學生書局　1988年

周英雄、鄭樹森合編　《結構主義的理論與實踐》　臺北市　黎明文化　1980年

袁行霈編著　《中國文學綱要》　北京市　北京大學出版社　1992年

敏　澤　《中國文學理論批評史》　長春市　吉林教育出版社　1991年

敏　澤　《中國文學理論批評史》　長春市　吉林教育出版社　1993年

張　健　《宋金四家文學批評研究》　臺北市　聯經出版公司　1975年

張輝誠　《黃庭堅詩美學研究》　臺北市　國立臺灣師範大學國文研究所碩士論文　2004年

黃永武、張高評編著　《宋詩論文選輯》　高雄市　復文圖書　1988年

黃宣範譯　《語言學研究論叢》　臺北市　黎明文化　1974年

莫礪鋒　《江西詩派研究》　濟南市　齊魯書社　1986年

臺大中文所〔宋代文學與思想研討會〕主編　《宋代文學思想》　臺北市　臺灣學生書局　1989年

郭紹虞著　《中國文學批評史》　臺北市　五南出版公司　1994年

劉大杰　《中國文學發展史》　臺北市　華正書局　1975年

葉慶炳　《中國文學史》　臺北市　臺灣學生書局　1986年

羅根澤　《中國文學批評史》　上海市　上海古籍出版社　1984年

顧易生、蔣凡、劉明今著　《宋金元文學批評史》　上海市　上海古
　　籍出版社　1996年

龔鵬程　《江西詩社宗派研究》　臺北市　文史哲出版社　1983年

二　期刊論文

沈　謙　〈從何其方到鄭愁予——比較評析「花環」與「錯誤」〉
　　《中國現代文學理論》　1996年第1期

李賢臣　〈黃庭堅「奪胎換骨」辨證〉　《河南大學學報》　社會科
　　學版　1985年第4期

李錫鎮　〈詩話中「奪胎換骨」法的意義及其問題〉　《銘傳學報》
　　1986年第3期

吳淑鈿　〈江西詩派的理論架構——一個形式主義的考察〉《中外文
　　學》　第18卷第12期

林　綠　〈鄭愁予「錯誤」的傳統訊契〉　《國文天地》　13卷1期
　　1997年6月

林碧珠　〈「美」從何處來——鑑賞與昇華〈錯誤〉一詩〉　《中國
　　語文》　92卷1期　2003年1月

周裕鍇　〈惠洪與換骨奪胎法——一樁文學批評史公案的重判〉
　　《文學遺產》　2003年第6期

唐　捐　〈現代美典，古典詩意——鄭愁予〈錯誤〉導讀〉　《幼獅
　　文藝》　598期　2003年10月

祝振玉　〈「奪胎換骨」說質疑〉　《上海師範大學學報》　1987年
　　第1期

張福勛　〈奪胎換骨辨說〉　《中國人民大學學報》　1995年第1期

黃景道　〈論黃山谷所謂「無一字無來處」——兼論「點鐵成金」與
　　「奪胎換骨」〉　《中華學苑》　第三十八期　1988年

黃維梁　〈江晚正愁予──鄭愁予與詞〉　《中外文學》　第21卷第
　　　4期

莫礪鋒　〈再論「奪胎換骨」說的首創者──與周裕鍇兄商榷〉
　　　《文學遺產》　2003年第6期

熊一堅　〈「奪胎換骨」之我見〉　《江西社會科學》　1995年12期

廖祥荏　〈一分鐘星蝕──鄭愁予愛情詩評析〉　《中國語文》　89
　　　卷4期　2001年10月

劉友林　〈個性化：山谷詩的審美追求定位〉　《贛南師範學院學
　　　報》　1996年第4期

劉銀光　〈點化：古典詩詞語言的借鑒與翻新〉　《菏澤師專學報》
　　　1996年第3期

陳定玉　〈黃庭堅「奪胎換骨」法議〉　《文藝理論研究》　1997年
　　　第5期

鄭愁予　〈典故的文學性與趣味性〉　《聯合文學》　220期　2003
　　　年2月

──選自《濤聲學報》2期（2008年9月）

文學研究叢書・現代詩學叢刊 0807003

傳奇鄭愁予：鄭愁予詩學論集一　〈錯誤〉的驚喜

編　著	蕭　蕭	
	白　靈	
	羅文玲	
責任編輯	吳家嘉	
	游依玲	
發 行 人	林慶彰	
總 經 理	梁錦興	
總 編 輯	張晏瑞	
編 輯 所	萬卷樓圖書股份有限公司	

臺北市羅斯福路二段 41 號 6 樓之 3
電話 (02)23216565
傳真 (02)23218698

發　　行　萬卷樓圖書股份有限公司
臺北市羅斯福路二段 41 號 6 樓之 3
電話 (02)23216565
傳真 (02)23218698
電郵 SERVICE@WANJUAN.COM.TW

香港經銷　香港聯合書刊物流有限公司
電話 (852)21502100
傳真 (852)23560735

ISBN 978-957-739-804-8
2012 年 5 月初版一刷
定價：新臺幣 280 元

如何購買本書：

1. 劃撥購書，請透過以下郵政劃撥帳號：
帳號：15624015
戶名：萬卷樓圖書股份有限公司

2. 轉帳購書，請透過以下帳戶
合作金庫銀行　古亭分行
戶名：萬卷樓圖書股份有限公司
帳號：0877717092596

3. 網路購書，請透過萬卷樓網站
網址　WWW.WANJUAN.COM.TW

大量購書，請直接聯繫我們，將有專人為您
服務。客服：(02)23216565 分機 610

如有缺頁、破損或裝訂錯誤，請寄回更換
版權所有・翻印必究
Copyright©2012 by WanJuanLou Books CO., Ltd.
All Rights Reserved　　Printed in Taiwan

國家圖書館出版品預行編目資料

傳奇鄭愁予：鄭愁予詩學論集一　〈錯誤〉的
驚喜/ 蕭蕭 白靈 羅文玲編著. -- 初版. -- 臺
北市：萬卷樓, 2013.05
面 ；公分. -- (文學研究叢書. 現代詩學叢刊.
0807003)
ISBN 978-957-739-804-8(平裝)

1.新詩 2.詩評

820.9108　　　　　　　　　　102009113